KB106336

좋은 일

좋은 일

발행일	2020년 9월 24일

지은이	유혜원		
펴낸이	손형국		
펴낸곳	(주)북랩		
편집인	선일영	편집	정두철, 윤성아, 최승헌, 이예지, 최예원
디자인	이현수, 한수희, 김민하, 김윤주, 허지혜	제작	박기성, 황동현, 구성우, 권태련
마케팅	김회란, 박진관, 장은별		
출판등록	2004. 12. 1(제2012-000051호)		
주소	서울특별시 금천구 가산디지털 1로 168, 우림라이온스밸리 B동 B113~114호, C동 B101호		
홈페이지	www.book.co.kr		
전화번호	(02)2026-5777	팩스	(02)2026-5747

ISBN	979-11-6539-396-0 03810 (종이책)	979-11-6539-397-7 05810 (전자책)

이 도서의 국립중앙도서관 출판예정도서목록(CIP)은 서지정보유통지원시스템 홈페이지(http://seoji.nl.go.kr)와
국가자료공동목록시스템(http://www.nl.go.kr/kolisnet)에서 이용하실 수 있습니다.
(CIP제어번호: 2020040037)

좋은 일

Good things

90일간의
행복쓰기
프로젝트

유혜원 지음

북랩 book Lab

　　　　　　　　　　내 인생은 좋은 일들로 가득하다고 자신 있게 말 할 수 있는 사람이 얼마나 있을까? 종일 바쁘게 동동거리고, 일이 꼬이고, 누군가의 말이나 표정에 상처 받고, 기분이 침체되는 날은 누구에게나 있다. 하지만, 그런 날의 어느 구석엔가는 놓쳐버린 좋은 일이 있다. 조금만 생각을 바꾸면 다르게 해석할 수 있는 일이 분명히 놓여 있다. 좋은 일 쓰기의 장점이자 매력이 여기에 있다. 기록을 위해 좋은 순간이나 좋은 의미로 해석할 수 있는 일을 찾을 때의 기쁨은 힘들었던 하루를 보상해준다. '못 찾겠다. 꾀꼬리!'를 외치려던 절망적인 술래가 숨어 있는 친구의 옷자락을 봤을 때처럼 술래를 벗어나는 홀가분함을 맛본다. 매일 좋은 일, 좋은 생각을 탐색하는 건 인생을 잘 살기 위한 '자기암시'이기도 하다.

　이 책은 좋은 일, 좋은 생각, 좋은 의미의 상황을 하루에 3가지씩 90일 동안 기록한 글이다. 교사로 재직 중인 필자가 12년 전부터 수업 시작 전 학생들에게 쓰게 했던 '행복일기'와 비슷한 활동이다. 행복일기는 필자의 개인적인 판단으로 시작했던 일이었다. 반면에 좋은 일(Good Things) 쓰기는 『긍정심리학』의 저자 마틴 셀리그만의 논문에 등장한 실험에 근거했다. 그는 이 실험을 통해 90일 동안 매일 3가지의 좋은 일을 기록하면 우리의 뇌가 긍정적 사고의 구조로 변화한다는 결론을 내렸다.

2019년에 학생들의 행복지수를 높이고, 긍정적인 사고를 돕기 위해 수행평가의 한 항목으로 좋은 일(Good Things) 쓰기를 실시했다. 사제 동행의 차원에서 필자도 같이 기록한 것이 집필의 동기다. 좋은 일을 쓰는 동안에 "좋은 일 있으세요?"라는 인사말을 듣곤 했다.

매일 좋은 일을 생각하고, 기록하면서 갱년기 우울증을 극복했다. 좋은 일 기록의 날들이 없었다면 시기적으로, 개인적으로 힘들었을 그때에 일그러진 표정으로 학생들 앞에 설 뻔했다.

전교 회장단 선거에 출마한 학생이 "가장 기억에 남는 수행평가가 무엇이냐?"라는 돌발질문에 '좋은 일 쓰기'였다며 수행평가가 끝난 후에도 계속 쓰고 있다고 했다. 진급하거나 졸업한 학생이 아직도 수업 시간에 행복일기 쓰냐는 질문을 하곤 한다. 수업시간마다 세 줄 썼던 행복일기를 잊지 않는 학생들이 있어 선한 영향력을 끼쳤다는 생각을 하게 된다.

좋은 일

약육강식의 자연 섭리 안에서 약한 존재인 인간이 살아남기 위해서는 늘 위험에 대비해야 했기 때문에 인간에게 낙관은 위험요소였다. 21세기에는 나쁜 일을 대비하기보다 긍정적인 뇌의 구조를 지니고 살아야 하지 않을까? 우리는 나쁜 일을 더 강하게 각인하고, 좋은 일은 쉽게 잊는다. 좋은 일을 기록함으로써 하루하루가 좋아지는 효과를 더 많은 사람들에게 전하고 싶다. 그래서 한 쪽은 독자들이 직접 기록할 수 있는 책을 기획했다. 좋은 일과 그 이유, 또는 그 일의 의미를 쓰는 것이 기본 틀이다. 글을 쓰는 순간은 이성적이고 합리적인 사고를 하게 되기 때문에 글쓰기는 그 자체에 치유의 힘이 있다. 중요한 건 포기하지 않는 것이다. 부디 좋은 일을 기록하는 독자들의 매일매일이 좋은 일로 가득하길 기원한다.

2020년 9월 유혜원

CONTENTS

Good things

1

앞에 가는 낡은 트럭에 야채 상자가 차곡차곡 실렸다. 짐이 버거운 듯 속력을 내지 못했다. 뒷바퀴는 주저앉을 것처럼 위태로운데 천천히 가서 미안하다는 듯 비상등이 두어 번 깜빡거린다. 소탈한 웃음의 마음씨 좋은 아저씨가 덤을 듬뿍 얹어주는 따뜻한 장면을 떠올리면서 느림을 즐겼다.

2

매화가 피었다. 점심을 먹고 벚꽃인지 매화인지 설왕설래하며 동료들과 걸었다. 꽃은 사람들에게 아름다움으로 눈 호강을 시켜주고 대화의 소재를 제공한다.

3

저녁에 미역국이 맛있게 끓여졌다. 쌀뜨물 덕분인 것 같다. 재료의 미세한 조화는 맛을 좌우하고, 입맛은 기가 막히게 그 조합을 알아차린다.

MEMO

Day 02

1

아직 출근한 사람이 없는 조용한 아침에 등을 맞댄 자리의 동료가 따끈한 고구마를 내게 권했다. 친정엄마가 아이를 봐주러 오시는 날에는 아이가 잠에서 깨기 전에 일찍 집을 나선다고 했다. 육아 때문에 애쓰는 동료들을 볼 때마다 엄마들의 버거운 무게가 안타깝다. 그때는 젊음이라는 에너지가 있으니 잘 넘길 것이고, 그 시간이 지난 나에겐 젊음과 교환한 여유가 있다.

2

가까운 자리의 동료는 내가 두루두루 얘기 나누는 모습을 보면 새로운 학교에서 잘 적응하고 있는 것 같아 보기 좋다고 했다. 낯섦으로 허둥대는 분위기를 품어내지 않은 것 같아 다행이다.

3

황석영의 장편소설 『강남몽』을 다 읽었다. 멀리 근대사에 얽힌 사연에서 현대의 강남개발 이야기까지 광대한 무대에서 펼쳐진 이야기다. 다 읽은 책의 마지막 장에는 언제나 기분 좋은 성취감이 있다.

좋은 일

1

블로그 이웃 중에 자신의 수업 내용을 포스팅해서 정보를 공유하는 교사가 있다. 1학년에 적용할 수 있는 퀴즈수업의 팁을 얻었다. 나눔을 실천하는 그분에게 감사한다.

2

1, 2, 3학년 체험학습 답사를 한꺼번에 가는 바람에 시간표 변동이 엄청나게 많았다. 사람 간의 일을 하다 보면 마음 상할 때도 있지만, 다행히 마무리가 잘 되어 마침표를 찍는 마음은 홀가분했다.

3

식구들이 모두 저녁을 먹고 들어온다고 했다. 여유를 즐기며 꿀 같은 잠으로 피로를 풀었다. 퇴근 후의 낮잠은 언제나 달콤하다.

MEMO

Yes!

1

> 자고 일어나 달리기를 하면 발목 삘까 봐 조깅을 한다.
> 땀이 나 찬물로 씻으면 피부병 걸릴까 봐 냉수로 샤워를 한다.

　서정홍 시인의 시 「우리말 사랑 1」 중 한 구절이다. 우리말 속에 버젓이 자리하고 있는 한자어와 외래어들을 꼬집었다. 나도 찔끔 뭔가에 찔린 느낌이다. 우리들의 말버릇을 돌아볼 짬을 주는 시를 만났다.

2

　점심을 먹고 왔더니, 누군가 추억의 고구마 과자를 가져와서 풀어놓았다. 몇 개 집어먹으면서 동료들과 얘기 나눴다. 입가심하면서 담소를 나누는 짧은 시간이 하루 일과에 여유 한 점 남겼다.

3

　꼬불꼬불한 머리가 싫은데 미용사들은 내 머리카락이 가늘어서 힘이 없다는 이유로 내 말을 듣지 않는다. 풀어질 걸 미리 염려하며 자꾸 머리카락을 동글동글하게 마무리한다. 오늘 고집을 좀 부렸더니 드디어 내가 원하는 대로 웨이브가 굵은 만족스러운 머릿결이 되었다.

　　　　　　　　　　　　　　　　　　　　좋은 일

MEMO

Day 05

1

남편 병간호가 길어지는 성○를 위로하기 위해 미○와 함께 성○네 집을 방문했다. 미○ 역시 남편 병수발로 힘들지만, 현재는 병상을 털고 일어났으니 그나마 한시름 덜었다. 모두 건강 지키며 즐겁게 살자고 서로의 마음을 다독였다.

2

비가 오다가 햇살이 나오더니 거센 바람에 눈보라가 몰아치는 요상한 날씨였다. 그런 소용돌이가 지나고 해가 나온 하늘색이 예뻤다. 세상 모든 것들이 환하게 웃는 것 같았다.

3

저녁에 아들과 짜장면이랑 탕수육을 먹기로 했다. 아들이 모바일 앱으로 주문하면서 할인쿠폰을 사용했다. 에누리는 언제나 기분 좋다.

좋은 일

MEMO

Good
things~

Day 06

1

일주일만의 휴식이다. 일요일에 집에 있는 것이 최선의 쉼일 때가 있다. 오늘이 그랬다.

2

굴 떡국과 굴 부추전을 만들어서 어제 샀던 굴을 다 먹었다. 해산물을 냉장고에 묵히지 않고 싱싱할 때 바로 소비한 바람직한 식단이었다.

3

오래간만에 미세먼지 없는 날이어서 대기가 맑다. 남산 타워가 제대로 보이는지가 기준인 요즘인데 오늘은 멀리 있는 풍경들이 제 빛을 지녔다.

좋은 일

MEMO

Day 07

1

오늘은 지하철로 출근했다. 출근길에 카톡도 할 수 있고 독서도 가능하니 손과 눈이 자유로운 장점이 있었다. 걷기 운동이 되는 건 덤이었다.

2

오른쪽 어깨가 아픈 지 6개월쯤 됐다. 일상생활에 크게 지장을 주는 통증은 아니어서 진료를 미루다가 호미로 막을 것을 가래로 막게 될까 봐 병원에 갔다. 치료를 받으면 나을 수 있다는 의사의 말에 마음이 놓였다.

3

아파트 관리사무소에서 고압세척으로 각 세대의 유리창을 청소했다. 베란다 유리창이 더러워서 바깥이 뿌옇게 보였다. 볼 때마다 어떻게 닦아야 할까 고민만 하며 지냈는데 이젠 세상이 훤하게 보인다.

좋은 일

1

오후 늦게 업무를 급하게 전달받았다. 바쁜 와중에 일을 마무리했다. 말과 행동이 굼뜬 내가 일처리는 느리지 않았음에 스스로를 칭찬했다.

2

방과 후 수업 논술 강사 제안을 받았다. 논술 강의를 한 지 오래되었고, 토요일 수업이라 부담스럽지만 기분은 좋았다.

3

수요일엔 남편이 당구 동호회 모임이 있어서 늘 늦는다. 오늘은 화요일. 수요일로 착각하고 먼저 저녁을 먹었다. 갑자기 들이닥친 남편에게 냉동 연잎밥을 데워서 차려줬다. 빠른 대처가 가능했던 건 연잎밥 상품 정보를 준 친구들 덕분이다.

MEMO

Day 09

1

1학년의 표준화심리검사 감독을 했다. 몇 달 전까지 초등학교에서 최고의 위치에 있던 6학년 아이들이 중학교에 입학하면, 햇병아리가 되어 어리둥절한 새내기가 된다. 잘못 기입한 OMR카드에 수정테이프 붙여주고, 이것저것 일러주면서 쉬지 않고 움직인 덕분에 50분이라는 시간이 힘든 줄 모르고 훌쩍 지나갔다.

2

방과 후 논술 강사를 못하겠다고 답했다. 갑작스러운 제안이라 수업의 질이 떨어질 염려도 있었고, 토요일의 늦잠을 양보할 수 없었다. 지도교사가 없으면 폐강한다고 해서 거절하는 마음의 부담을 덜었다.

3

딸의 생일이다. 이맘때만 되면 출산 후, 딸을 데리고 퇴원하던 날, 꽃샘바람 속에서도 예쁜 표정 짓고 있던 노란 개나리가 떠오른다. 그때의 꿋꿋했던 개나리처럼 잘 자라준 딸이 늘 고맙다.

좋은 일

MEMO

Day 10

1

나는 보약이 필요 없는 사람이라며 건강에 자신하던 시절도 있었다. '잠이 보약'이라는 말은 틀림없다. 어제의 숙면으로 오늘 아침 하루의 시작이 가뿐했다.

2

몇 년 간 기안할 일이 없었다. 업무라는 게 사소한 면에서 막히곤 하는데 오랜만에 올린 기안이 반려되지 않고 한 번에 결재가 끝났다.

3

옆집에 누가 사는지도 모르는 사람이 글을 쓰고 사람을
가르친다.

2003년판 서정홍 시인의 시집 『58년 개띠』에 수록된 「이 시대를 사는 사람들」의 이 구절을 읽고 흠칫했다. 옆집 사람들이나 이웃들과 인사는 열심히 하고 지내니 가르치는 사람으로서 그나마 양심이 덜 찔린다.

1

큰외삼촌은 아직도 나를 어린 조카로 여기시는지 IQ테스트 문제 2
개를 보내셨다. 정치색이 다른 나에게 큰외삼촌 관점의 글을 보내주시
면 거의 묵묵부답으로 일관하지만 옛날이야기나 퀴즈 정도는 답을 보
낸다. 정답을 보냈더니 대단하다고 칭찬해주셨다. 칭찬이 기분 좋은
걸 보니, 외삼촌 앞에선 난 아직도 꼬맹이인가 보다.

2

내가 담당하는 청소구역을 일주일간 청소했던 3학년 두 남학생을 칭
찬해줬다. 시키지 않아도 구석구석 꼼꼼히 대걸레질하는 그들에게
"너희 둘은 어딜 가도 칭찬받고, 훌륭한 사람이 될 거야."라고 했다.
덕담은 하는 사람에게 그 기운이 반사되나 보다. 내가 더 기분이 좋았다.

3

아들의 새로 산 셔츠가 어깨 박음질 선 안쪽에 여유가 없어서 솔기
가 뜯어졌다. 제 동생에게 수선을 맡겨달라고 부탁했는데, 수선 코너
는 비싸고 매장은 수선 기간이 길어서 맡기지 못했다고 했다. 집 근처
에 수선을 맡겨달라고 했다는데 딸은 수선 집을 찾지 못하고 들어왔
다. 딸은 제 오빠에게 부탁을 들어주지 못해 미안하다고 하고, 아들은
동생에게 고생했다고 한다. 나는 보기 좋은 오누이라고 말했다.

1

마트에 갈 때, 일부러 평소에 다니지 않았던 길로 걸어갔다. 가격이 저렴한 네일 아트 가게도 있고, 작은 식당과 편의점, 미용실 등이 다가구 주택 사이사이에 있다. 조용한 골목을 걷는 발걸음은 새로운 곳을 탐사하듯, 호기심의 눈길을 따라 느리게 움직였다.

2

토요일 주말, 오랜만의 한가함은 낮잠을 불러왔다. 잠이 채워준 에너지로 밀어두었던 집안일을 했다. 피로회복과 깨끗해진 집은 주말의 기쁨 중 하나다.

3

한동안 침묵하고 있는 카톡방 친구들에게 안부의 글을 남겼다. '오가지 않으면 길이 생기지 않듯 친구도 친척도 오가지 않으면 길이 없어진다.'라는 글귀가 생각났다. 그러므로 글자로 만나는 것도 의미 있는 일이다. 글에도 말투와 표정이 그대로 드러나서 글로 나누는 인사가 반가웠다.

1

한식: 시댁에서는 기제사를 지내지 않고 한식 때 성묘하러 가서 시제를 모신다. 많이 간소화했지만 전통을 이어간다는 것이 아름답다. 성묘 길 4월의 농촌 풍경 속에서 자연과 가까이 머무는 날이다.

2

청양 형님네: 사촌 손윗동서는 음식솜씨가 좋으시다. 민들레 김치, 머위 나물, 직접 캐신 도라지로 만든 무침 등 성싱한 자연의 재료들로 가득한 건강한 밥상은 맛으로 평가할 수 없다. 감사와 기쁨만이 입안에 감돌았다.

3

교통 상황: 휴일에 차 막힘이 싫어서 외출을 꺼리는 사람과 살다 보니 차로 움직일 때마다 남편의 눈치를 보게 된다. 한식이었던 전날 토요일엔 고속도로 정체가 심했다는데 오늘은 교통 체증 없이 잘 다녀왔다.

좋은 일

MEMO

Yes!

Day 14

1

출근길에 본 한강은 주억거리듯 출렁였다. 옛날에 할머니가 하셨던 말이 생각났다. 보광동에 사시던 할머니는 한강변에서 빨래할 때 철썩이는 물결이 무서웠다고 하셨다. 그때는 할머니의 말을 귓등으로 들었다. '바다도 아니고, 강물에도 파도가 있나?'하면서 아무 대꾸도 하지 않았다. 무서움의 대상은 사람마다 다른데 공감하고 인정하지 않았던 철없던 나였다. 누군가의 말에 끄덕여주는 사람이 되자는 생각이 물결 따라 일렁였다.

2

보라카이에 놀러갔다 온 딸이 코코넛 좋아하는 나를 위해 코코넛 잼을 사왔다. 한글로 '마약 잼'이라고 적혀 있어서 웃었다.

3

저녁때만 되면 으슬으슬 춥고 어깨도 찌뿌듯해서 반신욕을 했다. 땀을 흠뻑 흘리면 내 몸 안에 나쁜 것들이 다 빠져나가는 느낌이어서 좋다. 추위도 가시고 몸이 가벼워졌다.

좋은 일

MEMO

Day 15

1

윈도우 10의 컴퓨터를 켤 때마다 아름다운 풍경사진이 뜬다. 다 가 볼 수 없는 세계 곳곳의 멋진 경치를 감상할 수 있어서 잠시나마 마음의 쉼터가 된다.

2

오늘 내린 비는 촉촉함을 선물하고, 미세먼지 제거에도 도움이 된다. 건조주의보 속의 화재도 예방해 주고 4월의 생명에 단물을 주는 비가 내려서 내 마음에도 뭔가가 움트고 자랄 것 같다.

3

딸이 맥주 한 잔 하자고 했다. 딸은 기분 나쁘고 속상했던 이런저런 애기를 꺼냈다. 내가 해결해 줄 수는 없지만, 털어놓는 중에 스스로 치유가 되게 마련이다. 들어주고 얘기하면서 우리 모녀는 마주치는 술 잔처럼 마음을 기댔다.

MEMO

Good
things~

Day 16

1

퍼즐 맞추기반: 동아리 활동으로 내가 좋아하는 퍼즐 맞추기를 하는 반을 만들었다. 나처럼 퍼즐을 좋아하는 학생들의 멋진 퍼즐 판을 돌아보는 사이에 3시간이 스르륵 지나갔다.

2

경비아저씨: 퇴근 전부터 속이 메슥거리더니 주차장에 차를 세우는 순간 속에서 올라왔다. 하수구를 향해 가는 사이에 바닥에 쏟아내고 말았다. 어지럽고 속도 여전히 편치 않아서 뒤처리를 할 여력은 없었다. 그대로 방치할 수는 없는 일이니, 집에 들어와서 인터폰으로 경비아저씨에게 사정을 말씀 드렸다. 알려줘서 고맙다며 자신이 당연히 할 일이라고 하신 아저씨가 고마웠다.

3

딸기: 어지러움을 달래며 한잠 자고 났더니 딸이 귀가했다. 내 얘기를 듣고 감사의 마음을 담아 경비아저씨께 딸기를 씻어서 갖다 드렸다. 감사한 마음을 전할 줄 아는 딸이 기특했다.

좋은 일

MEMO

Day 17

1

청소: 교무실 개수대에 물때가 끼었다. 비누 상태도 좋지 않았다. 집에서 비누랑 고무장갑을 챙겨 와서 깨끗하게 닦았더니 반짝반짝 빛이 났다.

2

사진: 졸업앨범 사진 촬영을 했다. 자켓 입고 출근하길 잘했다. 게다가 어제 구토를 한 덕에 얼굴이 핼쑥해졌으니 사진에 예쁘게 담기길 기대한다.

3

만남 장소: 다음 주 토요일에 친구들과 만나는 곳은 천안 사는 친구를 배려해 늘 강남 고속버스터미널이다. 그날 6시 남산에서 하는 결혼식에 참석하는 나를 위해 충무로로 장소를 정해준 친구들이 고맙다. 오래된 친구들과 뭔가를 정하는 일은 어려움이 없다. 늘 서로 배려하고 양보한다.

좋은 일

Day 18

1

김주영의 『빈집』을 읽으면서 좋은 문장들, 따라 쓰고 싶은 문장들을 만났다. 나도 그런 문장들을 짓고 싶다는 창작 의욕을 자극한다.

2

원인 모를 배탈이 치유되어 평소의 몸 상태가 되었다. 건강의 중요성을 일깨우는 일화가 마무리 되었다.

3

열혈사제 시청: 만화 같은 내용의 드라마다. CG처리 화면에서 웃음이 빵 터졌다. 단순한 오락물에서 얻는 즐거움이었다.

좋은 일

MEMO

Day 19

1

친정 큰고모의 딸 미ㅇ, 작은 고모의 딸 윤ㅇ, 여동생과 나 넷이 만났다. 어릴 적 추억을 공유하는 우리가 처음 갖는 자리였다. 윤ㅇ가 뉴질랜드로 이민을 가게 되었으니 언제 또 이런 기회가 만들어질지 모르겠다. 오붓한 시간 동안 혈육의 정을 나눴다.

2

우리 네 식구가 외식을 한 게 몇 달만인지 모르겠다. 이미 지나간 딸의 생일을 축하하기로 해서 아들이 한턱냈다. 가족의 생일을 챙기는 건 사랑을 잇는 징검다리 돌이다.

3

남편과 아들은 집으로 먼저 들어가고, 딸과 둘이서 남편이 좋아하는 아이스크림을 사서 집까지 걸어갔다. 딸과 이야기 나누며 걷는 길은 도시의 소음이 멀어진 숲 속 오솔길 같았다.

좋은 일

MEMO

Day 20

1

봄비가 내렸다. 비를 머금은 4월의 공기는 그 어느 때보다 상쾌했고, 새싹이 움트는 소리가 실려 있었다.

2

이제부터 1일 2식을 해보려고 마음먹었다. 늦은 점심을 먹고 저녁을 먹지 않았다. 성공 첫 날이다.

3

어제 만났던 윤○가 글을 계속 쓰고 있느냐며 자신도 공모제에 출품을 할 계획이라고 했다. 효를 주제로 한 공모전 정보를 줬다. 그곳 홈페이지도 들어가고 다른 공모전들 공고를 기웃거렸다. 도전하지 않으면 아무런 결과도 없는 것이므로 시도해보기로 했다.

좋은 일

MEMO

1

오늘 해야 할 일은 동료들의 일정을 짜는 일이라 여러모로 신경을 써야 한다. 사람들과 하는 일을 AI는 할 수 없다. 배려와 따뜻함이 있어야 하기 때문이다.

2

한글문서에 더 익숙하고 엑셀은 서투른데. 대부분의 업무는 엑셀 작업이다. 될 수 있는 한 혼자 하려고 애쓰는 중이다. 그러다 보니 조금씩 기능을 익히게 되어 엑셀맹은 면하고 있다.

3

2년 전까지 같이 근무했던 동료를 우연히 중앙현관에서 만났다. 교과 행사에 참여하기 위해 왔다고 했다. 우연한 만남이 주는 기쁨은 언제나 반가움의 여운을 남긴다.

Day 22

1

집에서 아무도 먹지 않아 굴러다니던 페레로 로쉐 초콜릿을 학교에 가져갔다. 오후에 머리가 지끈거리면서 휴식과 당이 필요할 때 먹었다. 마음까지 달콤했다.

2

오랜만에 저녁 산책을 했다. 어두워서 꽃은 보이지 않지만 라일락 향기가 발걸음에 힘을 실어줬다. 옛날 노량진 골목 어귀에서 우리 집에 다가갈 때 나던 꽃향기다. 우리 집 담장 위로 살짝 얼굴 내민 연보라 꽃을 다시 만나는 것 같았다.

3

심원 작가의 이벤트에 에세이를 보냈는데 첨삭해준 답장이 왔다. 나름 부연 설명을 위해 끌어들이는 얘기가 사족이 되는 내 글의 단점을 이젠 좀 더 확실하게 객관적으로 볼 수 있을 것 같다. 글쓰기에 용기와 동력을 얻었다.

좋은 일

Day 23

1

월급 명세서를 열어봤다. 직장생활의 보람 중 하나가 바로 오늘, 월급날이다.

2

반찬가게에 내가 좋아하는 홍어무침은 맛있는데 야채가 너무 많다. 5,000원을 더 주고 홍어를 많이 넣어 달라는 주문을 했다. 간이 심심하고 맛있는 반찬가게가 집 가까이 있다는 건 우리 집 식탁의 행운이다.

3

진주에 있는 아파트에서 묻지마 살인 사건이 발생했다. 지난번 극장에 갔을 때 큰 소리로 혼잣말을 하던 아저씨가 떠올랐다. 공중 예절을 지키지 않는 사람, 도덕성이 결여된 사람이 최소한 내 주위에는 없다는 사실에 안도하는 저녁이다.

좋은 일

MEMO

Day 24

1

오랜만에 원피스를 입었다. 봄이 왔음을 실감한다. 한결 가벼워진 옷차림에 어깨가 가벼웠다.

2

세 번의 주사로 정형외과 진료가 끝났다. 어깨 통증이 없어졌다. 재발하지 않기를 바라는 마음에 약간의 불안이 섞이긴 하지만 일단 통증이 없으니 생활이 업그레이드된다.

3

전직 유명하셨던 분이 딸에게 사이버상의 일을 부탁했다고 한다. 사례로 봉투를 주셔서 딸은 극구 사양하다가 그분의 이름으로 강원도 화재 이재민 성금을 내겠다고 했단다. 일처리를 잘하고 있는 딸이 기특했다.

1

책 속에서 건진 글

> 세상은 사막이야. 우리 앞에 바라보이는 것이 바다 같지만 사실은 배가 지나다니는 사막이지. 풀 한 포기 없는 삭막한 모래밭이야. 물보라가 모래바람으로 보이게 된지는 벌써 오래 전부터지.
>
> -김주영, 『빈 집』, p240

은유가 인상적인 문장이다.

2

의무적으로 시작한 좋은 일 쓰기는 여러 가지 좋은 점들이 있지만 2년 전 앞에 몇 장만 썼던 이 공책을 끝까지 채울 수 있게 되어 성취감을 맛볼 수 있을 것 같다. 그리고 필기구로 글씨를 쓰는 것도 좋다.

3

중간고사를 앞두고 진도 마치기가 급한 선생님이 내 수업시간을 빌려달라고 하셔서 내드렸다. 덕분에 4교시에 한가하게 점심을 먹는 횡재를 했다. 가끔 이런 공짜 시간이 좋다.

MEMO

Good
things

1

친구들을 만났다. 승○는 무릎 인대가 끊어졌다가 낫는 중이라며 보조기구를 하고 나왔다. 그럼에도 불구하고 만남을 미루지 않는 친구들. 쌈밥을 맛있게 먹고 천장이 높은 카페에서 한 달 동안 쌓아놓은 서로의 이야기를 위로와 격려, 축하를 섞어서 나눴다.

2

친구 딸의 결혼식이 5성급 호텔에서 있었다. 건강하고 예쁜 신랑과 신부, 거대하고 화려한 수많은 꽃송이가 결혼식을 빛냈다. 결혼식은 언제나 감동적이다.

3

가까움은 선택의 조건 중 우선순위가 되는 중요한 요소다. 내가 대학을 선택할 때도 그랬고, 우리 아이들 초등학교 입학할 때도 가까움이 기준이 되었다. 마음만 있다면 거리는 상관없지만, 오늘 친구들과 만난 장소와 친구네 결혼식장이 집에서 가까웠다.

MEMO

Day 27

1

책을 읽을 때 미간을 찌푸려서 두 줄의 주름이 생겼다. 확실히 보이지 않는 흐린 글자들을 대충 읽었다. 드디어 오늘 미루던 돋보기를 맞췄다. 눈앞의 것들이 원래 이렇게 밝고 뚜렷했나? 신세계를 만났다.

2

저녁 메뉴를 골뱅이 소면 무침으로 결정했다. 남편이 채소를 다 씻고 국수도 삶아서 손 많이 가는 음식을 수월하게 만들었다. 부엌일에 소극적이던 사람이 요즘 부쩍 손에 물 묻히는 횟수가 늘어간다. 소파에 앉아서 졸거나 TV 리모컨만 누르는 것보다 바람직한 변화다. 다른 때보다 맛있는 저녁 식사였다.

3

김주영의 『빈집』 끝부분을 돋보기를 쓰고 선명한 글씨를 읽으며 마쳤다. 책을 다 읽는 기쁨의 두께는 언제나 변함이 없다.

좋은 일

Day 28

1

2019학년도 1학기 중간고사 첫 날이다. 무리 없이, 별 탈 없이 끝났다. 무사함에 감사한다.

2

12시 30분에 퇴근 아니, 조퇴했다. 한적한 도로 위를 달려 퇴근하는 즐거움은 시험 기간에 누릴 수 있는 특권이다.

3

중랑천변을 걸었다. 뇌성마비 아들을 데리고 산책하는 엄마를 두 번째 봤다. 장애가 있는 자식을 둔 것이 많이 힘들겠지만, 그 아들을 위해 꾸준히 운동하는 모성은 아름답고 훌륭하다.

좋은 일

MEMO

Day 29

1

어제보다 조금 더 일찍 퇴근했다. 4월의 맑은 햇살 아래 꽃구경이라도 가고 싶은데 같이 갈 사람이 없다. 나들이를 못 하는 아쉬움을 휴식과 맞바꿨다.

2

실손보험료를 청구하기 위해 1월에 갔던 안과와 약국의 영수증을 발급받았다. 바로 해결하지 않고 미루던 첫 번째 일을 해결했다.

3

두릅을 샀다. 양식이어서 향이 진하지 않을 거라 예상했는데 씹는 순간 두릅향이 알싸했다. 봄 제철 음식이 입맛을 돋우는 저녁 밥상이었다.

좋은 일

MEMO

1

오늘은 집으로 가지 않고, 남양주에 있는 묘적사에 갔다. 햇살이 양 방향의 올림픽대로 위에 나란한 속도로 달렸다. 2차선의 시골길과 꼬불꼬불 산길을 지나 도착했다. 대웅전에서 3배를 올렸다. 가족의 건강과 무사, 좋은 글을 쓰는 작가가 되길 기원했다. 떨어진 벚꽃 잎이 아담한 연못 위에서 다시 꽃이 되어 물속을 유영하는 물고기도 꽃놀이를 즐기고 있었다. 작은 폭포와 흐드러진 자목련이 인상 깊었던 여행이랄 것도 없는 한나절의 외출은 고즈넉함을 즐기는 시간이었다.

2

묘적사 여적을 블로그에 올렸다. 혼자하는 여행을 좋아하진 않지만, 혼자를 주저할 필요는 없다. 홀로 서기 연습도 필요하다.

3

영○이가 잘 맞는다며 알려준 신한생명의 '오늘의 운세' 사이트에 들어갔다. 오늘의 운이 아주 좋은 날이라고 나와 있었다. 그래서 오늘이 더 좋은 날이 되었다.

Day 31

1

실손보험료가 입금되었다. 매달 납입하는 보험료에 비하면 배상이라는 말은 의미가 없지만, 목돈 들이지 않고 진료받는다는 것에 만족한다.

2

〈대화의 희열〉이라는 TV 프로그램에 유시민이 출연했다. 그의 말은 합리적이고 조리 있다. 그의 생각은 지적 근거를 갖추고 있고, 공감이 간다. 그를 보면서 생각했다. 독서에 게으름 피우지 말자고.

3

지인의 딸이 세상의 모든 것을 남겨놓고 떠났다. 평범이 가장 위대하다는 말을 되새겨 본다. 그날이 그날 같다고 일상을 푸념하기도 하지만, 무소식이 희소식이라는 말처럼 그날이 좋은 날이다.

　　　　　　　　　　　　　　　　　　　　　좋은 일

MEMO

1

영화 음악 〈씨네마 천국〉의 'Love Theme', 〈라붐〉의 'Reality'. 그 선율과 함께 떠오른 건 영화 장면이 아닌 그 시절, 오래된 시간에 대한 아련함이었다. 추억을 소환하는 건 여러 가지가 있다.

2

교사 동호회 활동 중 하나인 요가에 오늘 세 번째 참석했다. 오랜만에 108배를 했다. 두 손을 모으면 마음도 모인다. 온 몸에 힘을 빼고 깊숙이 절을 하는 동작은 몸과 마음이 편안해지는 종교를 떠난 의식이다.

3

순대볶음과 떡볶이, 오늘 저녁은 분식이었다. 남편이 아주 자연스럽게 설거지를 시작해서 식후의 편안함과 한가로움을 만끽했다.

Day 33

1

작년에 우리 반이었던 ○호가 떠나온 나를 찾아오겠다더니 오늘 일부러 시간을 내서 답사를 하고 갔단다. 내가 그에게 관심과 애정을 가졌던 건 담임으로서 당연한 일이었는데 그렇게까지 시간을 내고 신경을 쓰다니 기특한 녀석이다.

2

처음 먹어보는 음식: 태국 음식 얌운센. 동남아 여행을 처음 했던 2008년만 해도 진한 향 때문에 그곳 음식이 입에 안 맞았다. 이젠 베트남 쌀국수가 가끔 먹고 싶을 만큼 입맛도 글로벌화되어 그런지 맛있게 먹었다.

3

〈대화의 희열〉 유시민편 2에서 건진 그의 말
1) '인생의 의미는 무엇일까?'라는 질문보다 '내 인생에 어떤 의미를 부여할 것인가?'로 질문을 바꿔야 한다.
2) 자리가 사람을 만드는 게 아니라 그 자리에서 그 사람의 다른 면이 보이는 것이다.

좋은 일

MEMO

Yes!

1

USB를 잃어버렸다. 어디에서 잃어버렸는지 모르지만, 어느 교실에서 쓰고 뽑아오지 않았다. 공고를 여러 번 했는데도 이름을 써놓지 않은 탓인지 돌아오지 않는다. 그 안에 담은 수업자료가 아쉽긴 하지만, 공동생활에서 내 물건에 이름 쓰기는 꼭 필요하다는 교훈을 새기며 쿨하게 잊기로 했다.

2

동생이 숨은 그림 찾기 퀴즈를 보냈다. 낙타를 찾는 문제였는데 누런 색 안에서만 찾느라고 애썼다. 하얗게 있는 낙타모양을 놓쳤다. 생각을 전환해야 했던 또 하나의 일화다.

3

연탄구이 집에서 삼겹살을 먹었다. 고기 맛보다 간단하게 저녁을 해결했다는 끼니로부터의 해방감이 더 크다.

좋은 일

MEMO

1

옆자리 선생님이 추천해준 떡볶이 집은 아파트 사이에 있는 지붕이 낮은 집이었다. 친구네도 그 근처여서 오래 전부터 다니던 동네인데 맛있고 가성비 좋은 분식집이 있는 줄 몰랐다. 이야기를 나누다가 알게 된 곳이어서 정보도 소통이 있어야 얻을 수 있다는 생각을 했다.

2

○호가 ○선이와 같이 왔다. 내가 애정을 많이 쏟았던 학생 중 하나였던 ○선이가 와서 반가웠다. 두 달 사이에 자란 모습이 보였다. 아이들이 자라는 데는 선생님의 사랑도 한 톨의 비료가 되나 보다.

3

지난 20일에 결혼식을 치룬 혜○이가 만나자고 연락이 왔다. 고맙다는 인사를 받지 않아도 되는데 굳이 감사의 만남을 추진하려고 했다. 고마워하는 마음과 괜찮다고 사양하는 마음이 오가는 온라인이 따뜻하게 달궈졌다.

MEMO

Good
things~

Day 36

1

선○가 강연 PPT 자료 제작을 마쳤다는 전화를 했다. 내가 보내준 파일이 도움이 되었다고 고마움의 인사를 남겼다. 누군가에게 도움이 되었다는 것이 도움을 받을 때보다 더 기쁘다.

2

나는 자발적인 글쓰기가 잘 안 된다. 선○가 사람마다 글을 쓰는 상황이나 스타일이 다 다르다며 구속력이 있을 때 글이 잘 써지는 사람도 있다고 격려해줬다.

3

한 선생님이 이틀 째 결근이어서 수업 보강이 많이 발생했다. 다행히 오늘은 3교시 후 전교생이 교외활동을 나간다. 언제나 일이 생기면 그때마다 해결의 길도 있다.

좋은 일

MEMO

Day 37

1

꽃 박람회: 한산한 출근길이 의외다 싶으면 5월의 첫 날, 근로자의 날이었다. 오늘은 임시휴업일이다. 친구 은○이와 만났는데 마침 고양 꽃 박람회 기간이었다. 12,000원의 비싼 입장료에서 대중교통 이용 할 인혜택을 3,000원 받았다. 횡재라고 여기며 입장했다.

2

산책: 북적거리는 박람회장을 나와 호수공원 뒤편을 걸었다. 작품으로 만들어진 꽃보다 흙 위의 꽃이 더 예뻤다. 호수공원에서 연꽃이 있는 연못을 처음 봤다. 연꽃이 필 무렵 다시 오자고 약속했다. 신록 사이를 걷는 여유로움이 힐링이 되는 시간이었다.

3

은○의 톡: 나와 같이 했던 산책이 힘이 되었다는 톡이 왔다. 나도 그렇다.

좋은 일

1

블로그 이웃 안ㅇ님의 블로그 우물에서 길어 올린 글귀

> "젊은 시절에 기대했던 대로 찾아내기만 하면 번쩍번쩍 빛나는 엘도라도는 없었지만 일상의 모래알 속에서 사금파리처럼 빛나는 작은 기쁨들을 소중히 음미하며 내게 주어진 길을 걸어가야겠다."

2

Today is the greatest day.

박생강의 소설 『우리 사우나는 JTBC 안 봐요』에서 주인공이 존 덴버의 노래 'Today'의 가사를 인용했다. '지금, 여기에서!'가 중요하다는 것은 내가 늘 품고 있는 생각이다. 오늘이 가장 좋은 날이다.

3

반찬거리가 없어서 반찬가게로 가려다가 냉장고 야채 칸을 뒤적이니 두릅이 있고 그 옆에 꽈리고추와 오이고추까지 있다. 야채 가득한 식탁에서 건강한 초록 웃음으로 저녁을 먹었다.

좋은 일

MEMO

Day 39

1

학교 건물의 본관과 별관이 ㄱ자로 이어지는 부분에는 통로 넓이의 문과 쪽문이 있다. 한동안 조금이라도 빠른 동선을 긋느라 쪽문으로 다녔다. '군자는 대로 행'이라는 말이 문득 떠올랐다. 건물의 뒷문보다는 정문으로, 좁은 길보다 넓은 길의 기운이 더 좋다고도 했다. 쪽문은 반대편에서 오는 사람과 충돌의 위험도 있으니 넓은 문 사이로 다녀야겠다.

2

올림픽도로 나들목 부근에는 차례를 지키는 차들 사이로 끼어드는 차가 꼭 있다. 이제는 그런 차들에 열받는 것도 지쳤다. 그들이 왜 그러는지 묻기 전에 '나는 왜 줄을 서 있는가?'에 대한 답을 찾았다. 교통질서, 도덕의식 등은 내 앞차나 뒤차 운전자들도 다 하는 답일 테고 나는 이유가 하나 더 있다. 끼어들기 위해 눈치 보며 기웃거리기 싫다. 조금 느리더라도 당당하게 줄 서서 마음 편히 가는 게 훨씬 좋은 선택이다.

3

점심 급식 메뉴가 라멘이었다. 돼지고기 기름 뜨는 국물이 거북해서 한 번도 먹지 않았다. 급식은 선택의 여지가 없었다. 그런대로 먹을 만했다. 처음 먹어본 음식을 하나 더 추가했다.

좋은 일

MEMO

1

시중에서 먹는 홍어는 수입산이거나 가오리라고 한다. 남편이 흑산도 홍어를 받아왔다. 색부터 다르다. 희끄무레하지 않고 붉은 기운이 선명하다. 진짜 홍어는 처음 먹어보는 건가? 나눠준 남편 친구에게 고마움을 전했다.

2

식구들이 모두 외출해서 노량진에 홍어를 가져가서 먹기로 했다. 논산에서 받은 된장과 간장, 청양에서 받아온 매실청과 개복숭아청을 덜어갔다. 늘 받기만 했던 친정에 좋은 것을 나눠주려니까 받을 때보다 더 좋았다.

3

고무나무는 꺾꽂이가 잘 되는 식물인가 보다. 엄마가 거실에 있는 고무나무가 커서 천정에 닿을 것 같다고 윗부분을 꺾어서 화분에 심어주셨다. 공기정화에 도움이 되고 물만 주면 잘 자라니 키워보라고 하셨다. 우리 집에서 제일 큰 화분이 베란다에 한자리 차지했다. 예전에 사주셨던 벤자민을 고사시켰던 일이 떠올랐다. 그에 보답하는 차원에서 잘 키워야겠다.

Day 41

1

이젠 집안에 어린이는 없고, 어린이날을 맞아 우리 아이들과 조카들과 함께 했던 옛날을 기억 속에서 꺼내본다. 선물을 고르고 모이는 즐거움이 있었고 무엇보다 젊었던 시절이다. 오늘은 어버이날을 앞둔 시점에 남동생 둘의 생일도 겸해서 모였다. 만날 때면 늘 밝은 표정으로 인사를 나눈다.

2

무스쿠스 건대점에는 사람이 많았다. 어린이날인 데다 연휴여서 우리처럼 가족 단위로 온 사람들이 좌석을 메우고 있었다. 음식 맛이 괜찮았고 특히 엄마와 남편이 초밥을 맛있게 먹어서 본전은 건졌다. 즐겁게 식사를 마치고 우리 집으로 와서 생일축하 노래를 우렁차게 부르고 케이크에 촛불을 껐다. 좀 더 자주 모이기 위해 내 생일은 혼자 치루고 싶은데 엄마는 절약하라며 올케와 공동으로 하라고 하셨다. 엄마 말 잘 들어야지, 뭐!

3

여동생이 팔 토시와 운전용 장갑을 줬다. 태양이 뜨거운 여름에 유용하게 쓸 물건들이다. 제 물건 살 때면 내 것도 챙기는 마음이 예쁘다.

좋은 일

MEMO

Day 42

1

유리구슬 부딪히는 소리처럼 쨍그렁 맑은 날씨다. 3일 연휴의 마지막 날에 친구네 부부와 오산 물향기수목원에서 만났다. 5월의 맑은 하늘과 신록, 야생화를 만났다. 꽃과 나무 하나하나의 이름을 다 알고 있는 친구 덕분에 꽃들과 눈 맞춤만 하지 않고 이름을 불러줄 수 있었다.

2

오산 마실쌈밥에서 저녁을 먹으려고 했다. 넓은 지하 주차장에 차를 세우고 갔는데 휴점이었다. 그 앞의 분식집으로 갔다. 푸짐하게 먹고도 알뜰한 가격이어서 지갑이 두둑했다.

3

3일 연휴의 마지막 날 귀경길이 복잡하지 않을까 걱정했다. 예상과 달리 고속도로 상황이 초록색이었다. 오늘 하루가 초록초록하다.

Day 43

1

군대 간 조카 교○이가 어버이날을 맞아 외할머니와 외숙모 둘, 이모인 나에게도 달팽이 크림을 사서 보냈다. 군 생활 건강하게 잘 마치길 바라는 마음을 보냈다.

2

4월 한 달 동안 어깨 통증 때문에 요가를 쉬었다. 운동을 쉬는 저녁 시간이 느긋하고 자유로워서 좋았지만, 비용도 지불했고 정기적인 운동이 중요하니까 기꺼운 마음으로 다시 시작했다.

3

요가의 좋은 점 중 하나가 마음도 단련하는 것이다. 요즘 안 좋은 일을 생각하면 가슴 한가운데가 뻐근하고 찌릿하다. 그런 걸 화라고 하는 걸까? 요가는 그런 증상에도 도움이 되리라 믿으면서 마음을 차분히 가라앉혔더니 한 시간이 훌쩍 지나갔다.

좋은 일

MEMO

Day 44

1

딸이 변산 대명리조트 예약이 가능하다며 5월 18일의 일정을 물었다. 네 식구가 시간이 맞아 얼떨결에 여행 일정을 잡았다. 넷이 가는 여행은 2년 만이다.

2

아들딸이 어버이날이라고 서둘러 귀가했다. 태국음식을 주문해서 맥주를 곁들여서 먹었다. 18일의 여행비용을 지급하는 것으로 어버이날 선물을 대신하기로 했다. 우리가 어버이구나! 새삼 뿌듯하다.

3

Balance 요가수업을 했다. 힘든 만큼 땀이 나서 열심히 따라했다. 수업 뒷부분에 난이도가 있어서 다들 힘들어했다. 강사가 수업을 마친 자신을 칭찬해주고 '나를 사랑해!'라며 자신을 다독여주라고 말했다. 나 자신에게 사랑한다는 말은 처음 해봤다. 내가 소중한 만큼 내 인생도 소중하고 가치 있다고 여기니까 감격스러워서 울컥했다.

MEMO

1

변동이 생겨서 몇 번이나 수정했던 기안문이 결재 완료되었다. 당연하다고 여기며 짐작으로 일을 결정해서는 안 된다는 교훈을 얻었다. 앞으로는 확인에 확인을 하고 확실할 때 진행하기로 했다.

2

2년마다 하는 자동차 종합검사를 받았다. 번호판 등 하나가 안 들어오고, 후미등 케이스가 금이 가서 안에 물이 조금 고인 것을 지적했다. 잠시 당황했는데 다행히 합격시켜줬다. 8년 된 내 차가 아직 적격하다니 다행이다.

3

동아리 활동 일이다. 아이들이 퍼즐에 집중하는 동안 나는 책을 읽는다든지 여유로운 시간을 기대했다. 3시간 내내 아이들을 도와주느라 앉아 있을 틈이 없었다. 예상이 빗나간 것에 잠시 실소를 머금었지만, 이런 저런 다양한 디자인의 퍼즐 판을 보고 맞추는 재미가 쏠쏠했다.

MEMO

Good
things

Day 46

1

R=VD(Vivid Dream Realization) 생생하게 꿈꾸면 이루어진다. 꿈의 공식이란다. 지난 3월 낙산사 소원성취 길을 걸을 때, 얼마 전 묘적사에 갔을 때도 좋은 작가가 되게 해달라고 염원했다.

'꿈을 생생하게 키우기 위해서는 행동(글을 쓰고)을 하고 행동을 하면 꿈이 이루어진다.'라는 것은 내가 만든 공식이다.

2

복잡한 길로 출퇴근해야 하는 학교를 내가 선택했지만, 시간이 걸리고 체증이 심하면 짜증이 나는 건 어쩔 수 없다. 금요일 오후의 퇴근 길이 한적한 오늘은 다른 날의 보상심리 덕분에 마음이 더 가볍다.

3

주로 포장해 와서 먹던 물회를 횟집까지 걸어가서 먹기로 했다. 차도 옆의 길을 걸었기 때문에 산책의 점수는 낮았지만, 도로변에 줄줄이 있는 식당 안의 손님 수를 헤아리며(쓸 데 없는 일이지만) 걸었더니 먼 길이 끝났다.

MEMO

Day 47

1

국립 현충원에서 열리는 백일장에 가려고 했던 계획을 접고 집에서 쉬기로 했다. 오프라인 응모는 번거롭고 시간도 많이 필요하다. 인터넷 응모 위주로 글을 써야겠다는 핑곗거리 하나 만들었다.

2

며칠 전에 '나를 사랑해!'라는 말을 독백하려는 순간에 울컥했었다. 오늘 오전에는 TV에서 나오는 '세월'이라는 노래 가사에 눈물이 났다. 이런 내 반응을 감성적이라고 여기곤 하지만, 감정을 극복하지 못하는 미숙함이라는 생각이 든다. 그 생각이 나를 조금 더 원숙하게 만들어 간다.

3

카드영수증을 열심히 재활용 종이로 분류했다. 특수 코팅된 종이여서 재활용이 안 된다는 걸 알았다. 무지의 소치와 앎의 소중함. 늘 배우고 깨달으면서 사는 것이 인생인가 보다.

Day 48

1

러시아 여행을 검색했다. 모스크바에 가고 싶은데 비용이 부담스럽다. 이르크추크로 방향을 바꾸었다. 바이칼 호수에 가는 일정을 생각만 해도 가슴이 파랗게 물든다.

2

영양보충을 위해 장어를 먹으러 나갔다. 일요일에 영업하지 않는 식당이 많아서 새로 개업한 냉면집에서 회냉면을 먹었다. 맛은 아쉬웠지만, 잠깐의 외출에 활기가 넘쳤다.

3

잘 웃지 않는 남편이 TV 개그프로를 보면서 유난히 많이 웃었다. 웃음소리는 듣는 사람의 기분이 좋아지는 소리다.

좋은 일

MEMO

Day 49

1

박○○ 선생님의 블로그에서 기형도 시인의 문학관이 광명시에 있다는 걸 알았다. 그의 시를 필사할 수 있는 공간도 있고, 도서도 구비되어 있다니 꼭 가보고 싶다. 박 선생님이 선물해준 시집 『입 속의 검은 잎』으로 기형도 시인을 알았다. 블로그 운영은 내가 선배지만, 글에 있어서는 박샘이 더 내공이 깊다.

2

양을 눈대중 하는 게 아직도 서툴러서 한 끼에 먹을 줄 알았던 콩국을 오늘 저녁에도 먹었다. 콩국수는 간단하게 만들어 먹을 수 있고, 영양가도 높다.

3

나는 왜 땀이 나기 전에 얼굴이 먼저 빨개지는 건지 모르겠다. 오늘의 요가 Balance 수업에서도 얼굴에 열이 나기 시작하더니 땀이 났다. 땀이 나면 노폐물이 빠져나가는 상쾌함이 좋다.

MEMO

Day **50**

1

아침의 맑은 햇살, 부드러운 바람. 기분이 그냥 좋은 날이 있다. 오늘이 그렇다. 하루의 시작이 신난다.

2

어렸을 적에 수많은 이솝 우화를 읽고 나는 어떤 생각을 했을까? 중학교 1학년에게 '당나귀를 팔러 가는 아버지와 아들' 이야기의 교훈을 물었다. 다른 사람의 말을 무조건 따를 것이 아니라 비판적 사고를 해야 한다고 답하고 싶은 아이들도 있었겠지만, 소리 내어 말한 학생은 없었다. 당나귀를 판다는 사실에 중점을 두면서 생명의 소중함을 얘기하는 아이들이 이러쿵저러쿵 입을 모았다. 느끼는 대로 다양하게 자신의 생각을 발표했다.

3

강석경의 오래된 책, 『숲 속의 방』을 다시 읽었다. 종로의 '썸싱'이라는 카페가 나왔다. 그 당시 종로를 같이 누비던 친구들에게 썸싱이 생각나느냐고 물었더니 '템테이션'이 생생하다고 해서 잠시 추억을 나누었다.

좋은 일

Day 51

1

교외행사가 과천 서울대공원에서 열려서 2년 만에 갔다. 질서지도를 위해 배정된 위치가 도착지점이어서 집합장소였던 동물원 입구에서 다시 내려왔다. 도착지점인 분수대로 가는 길에 청계호숫가 벤치에 잠시 앉았다. 호수를 바라보며 연록의 숲속에 잠시 머물렀을 때 바람도 시원하게 나를 쓰다듬어주었다.

2

여름 맞이 네일아트를 했다. 내가 좋아하는 보라색을 손 위에 얹고 다니는 호사를 누리기로 했다.

3

밤 11시가 되어서야 식구들이 귀가하기 시작했다. 오늘 집에 일찍 와서 그 시간까지가 길게 느껴졌다. 혼자의 시간이 심심했다. 혼잣말도 누군가 옆에 있을 때 의미가 있다. 이런 외로움의 시간이 이어지면 우울증이 생길 수도 있겠다. 다행히 나는 좋은 일을 쓰고 있고, 블로그도 하고, 아직 직업도 있으니 우울함이 엄습해도 잘 극복할 수 있을 거라고 믿는다.

좋은 일

MEMO

1

5월 18일에 친구들과 만나기로 한 달 전에 약속했었다. 그날 변산으로 여행을 가는 사람은 누구지? 오늘에야 일정이 겹쳤음을 인지했다. 친구들은 약속을 어기는 나에게 즐거운 여행이 되라고 격려해주었다. 이젠 그 정도 정신없음은 그러려니하며 서로 이해해준다.

2

수업 시간에 '사람들은 누구나 장단점이 있다.'라고 말했다. 중1이 얼마나 공감하고 받아들일지 모르겠지만, 좋은 말을 해주는 내 일이 좋은 직업이라는 생각이 든다.

3

옆자리의 동료가 내 보라색 손톱이 화사하고 우아하다고 밝은 표정으로 말했다. 관심을 표현하는 말 한마디가 일상에 커다란 활력이 된다.

Day 53

1

2017년에 '교육생애 글쓰기' 연수를 같이 받았던 제○○ 선생님이 오늘 그 얘기를 꺼냈다. 내 시가 남달랐다고 했다. 2년 전의 내 시를 정말 기억할까? 그녀의 말대로 내용은 잊었어도 느낌이 남아있다고 하니 칭찬으로 받아들였다.

2

유튜브에서 기록의 중요성을 강조하는 영상을 만났다. 긍정적인 생각이나 좋은 일들을 기록하는 것은 자신이 변하는 데 많은 영향을 준다고 했다. Good Things를 기록하는 1학년과 행복일기를 쓰고 있는 2학년에게 보여줘야겠다. 훌륭한 수업자료를 발견했다.

3

1박 2일의 여행을 위해 짐을 쌌다. 물놀이를 할 거라서 챙겨야 할 게 이것저것 많다. 여행을 떠나기 전의 기대와 설렘 때문에 여행을 좋아하는 것 같다.

좋은 일

MEMO

Day 54

1

변산을 향해 출발했다. 서울을 빠져나가는 데 시간이 걸리는 건 언제나 각오해야 한다. 고속도로에서는 비교적 속도를 냈다. 네 식구가 떠나는 여행이 오랜만이어서 하늘의 구름도 웃고 있는 모습으로 보였다.

2

물놀이를 했던 게 언제였더라? 노량진 식구들과 바다에 간 게 2년 전이고 그 후 처음이다. 아쿠아월드는 규모가 작아서 큰 재미는 없지만 2시간 놀기엔 적당했다. 슬라이드를 두 번 탔다. 유아를 동반한 어른들이 주를 이루는 유수풀에서 유유히 유영을 하고 위층의 온천탕에서 시원하게 몸을 담갔다. 성인이 된 아들딸과 함께 간 물놀이는 그것만으로 충분했다.

3

딸이 일곱 살 때 채석강에 왔던 기억을 하지 못해서 아쉬웠다. 옛날 일들을 소환하고, 바다를 바라보며 산책한 시간이 소중한 기억으로 남기를 바란다.

좋은 일

MEMO

1

휴일의 늦잠은 여행지에서도 변함없다. 채석강에 다시 가보고 싶었
는데 비가 와서 숙소에서 내려다보기만 했다. 좋은 뷰의 방에 묵었다
는 것으로 만족하며 느긋함과 여유를 만끽하는 아침이었다.

2

홍성에 들러서 '내당 한우' 식당에 갔다. 소고기도 맛있지만 반찬들
이 정갈하고 푸짐하다. 친절함까지 더해져서 일부러 찾아간 발길이
무색하지 않았다. 효도가 묻은 젓가락으로 행복을 짚었다.

3

귀가하는 길은 비가 와서 시간이 많이 걸렸다. 남편과 아들이 나누
어서 운전을 하면서 서로 힘을 보탰다. 길 따라서 1박 2일의 추억이 곱
게 쌓였다.

좋은 일

MEMO

Good
things~

Day 56

1

목소리가 큰 선생님의 수업 시간은 졸리지 않다며 나는 너무 차분하다는 여학생의 말이 충격적이었다. 나름 재미있는 수업을 한다고 자부했었는데 졸린 수업이었다니⋯. 느린 말은 자장가가 될 수도 있겠지. 오늘은 힘차게 목소리를 내며 의식적으로 큰 소리로 수업을 했다. 아이들보다 내가 더 활기찼다.

2

교내 행사인 '사회참여 발표대회' 심사를 맡았다. 4명씩 팀을 이루어 우리 주변의 문제를 주제로 선정하고, 개선하기 위해 기울였던 노력과 결과를 발표했다. 스몸비(Smart Phone Zombie)의 위험을 방지하기 위해 삼ㅇ전자에 앱 개발을 제시했고, 구청에 음성신호등 설치를 제안하는 등 해결 방법이 구체적이었다. 문제의식을 갖는다는 것부터 기특했고 다양한 해결 방법을 제시해서 감동했다.

3

저녁으로 삶은 계란(삶은 계란을 말할 때마다 'Life is 계란'이라는 아재개그가 떠오른다.) 두 개만 먹고 요가를 했다. 몸이 가벼워서 좋았다. 동작도 발전이 있었다. 무엇이든 꾸준히 하는 게 중요하다.

좋은 일

MEMO

1

부부의 날이란다. 30년을 산 부부가 겪은 일들은 30년의 길이보다 더 길다. 고마운 일보다 속상한 일이 기억 창고에 더 많이 쌓였지만, 가정의 울타리를 허물지 않으려면 서로 보듬고 살아야 한다. 그러려면 사랑하는 것이 행복하게 사는 길이다.

2

출근했더니 책상에 얼음 컵과 딸기주스가 있었다. 어제 행사를 주관한 부서 선생님의 선물이었다. 수고했다는 어제의 인사로 충분했는데…. 감사인사를 받으며 시작하는 하루였다.

3

반찬가게에서 총각김치와 세 가지 나물을 샀다. 자연스럽게 비빔밥이 메뉴다. 계란 프라이를 하겠다고 프라이팬 손잡이를 잡는 남편, 많이 달라졌다. 백지장도 맞들면 낫다는데 도움의 손길 덕분에 저녁 시간이 훨씬 낫다.

좋은 일

1

러시아행은 넷이 가는 여행인데 모두 내 결정을 따르겠다는 게 부담이 되기도 하지만 양보의 미덕이라고 생각한다. 더불어 내 선택을 믿어주니 그만큼 나에 대한 신뢰가 높다는 의미라고 내 마음대로 해석했다.

2

학교를 옮긴 지 두 달이 지나 이제는 점심 먹는 식탁의 분위기가 한결 자연스럽다. 밥을 같이 먹는다는 건 친밀 이상의 의미가 있다.

3

음식물 쓰레기 수거 방법이 달라졌다. 음식을 많이 해먹지 않는 우리 집은 비용이 절감되는 효과가 있다. 종량제 인식카드를 수령했다. 이제 물기도 잘 빼서 버려야겠다. 진작부터 그랬어야 했는데 이제야 그런 생각을 한다. 어쩔 수 없다. 그래야 부과되는 금액도 적을 테니까.

MEMO

1

1학년 '8쪽 미니 북 만들기' 수행을 위해 나눠 줄 A4 색지를 반으로 절단했다. 자료준비를 안내하고, 각 페이지에 담을 내용도 설명하다 보니 한 시간이 훌쩍 지나갔다. 평가받는 학생보다 평가하는 내가 더 열심인 시간이었다.

2

2학년 ○반 분위기는 묘하다. 수업 집중력이 떨어지고, 소란스러운데 웃음의 상황들이 이어져서 야단 칠 틈이 없다. 웃는 얼굴엔 침 못 뱉는다더니 떠들어도 기분이 상하진 않는다. 화는 내서 뭐하겠는가! 진도가 느려지면 어떤가! 들썩거리는 분위기는 즐기고 웃음 터지는 상황에서 실컷 웃으면 아이들도 숨통이 트일 테니, 그것으로 됐다.

3

8월 러시아 여행의 일정을 이것저것 둘러봤다. 바이칼 호수에 가고 싶은데 알혼섬의 전통가옥 투숙이 세면장과 화장실이 공용이라는 게 걸린다. 1박도 아니고 2박이나 지내기엔 무리가 있을 것 같다. 우리도 그렇지만 동행하는 친구네도 같은 생각이어서 3박4일의 짧은 일정으로 변경했다. 여행은 계획부터 시작이다.

MEMO

Day 60

1

서두름의 발길이 분주한 출근길. 나의 양보에 운전자가 고맙다는 손 인사를 했다. 언젠가부터 운전 중의 미안함과 고마움은 비상등이 표시하는데, 오랜만에 받아보는 손인사가 정겨웠다.

2

내 차 앞에 모래를 가득 실은 덤프트럭이 물을 뚝뚝 떨어뜨리고 있었다. 강 아래서 건져 올린 모래가 머금고 있던 물이다. 흐르는 물도 모래 안에 머무는데 마음에 담은 상처의 말은 흐르지도 못하고 더 깊이 파고들 것 같다. 남에게 상처로 남을 말은 하지 말자는 다짐이 나에게 새로운 깨달음을 선물했다.

3

예절은 인간관계의 꽃이다. 예의바른 사람과 마주하면 기분이 좋아진다. 이번 주에 청소했던 두 남학생은 도화지에 크레파스로 색을 채우듯 반듯하게 걸레질을 한다. 청소만 잘 하는 게 아니라 깍듯하다. 그래서 그들을 보는 게 즐겁다.

좋은 일

Day 61

1

TV에서 〈Me Before You〉 영화 내용이 소개되고 있었다.

"나 저 영화 감동적이어서 두 번이나 봤어."

황홀한 표정으로 딸이 말했다.

"그냥 바람피우는 거지 뭐가 감동이냐?"

기혼녀도 아닌 남자친구가 있는 여주인공을 두고 아들이 딱 잘라서 얘기했다. 이야기의 주인공이 남자였다면 딸과 아들이 반대로 말했을까? 같은 영화 다른 평이었다.

2

20대가 입은 보풀이 생긴 니트는 털털한 젊음으로 커버된다. 젊음의 특권이다. 그래도 얼마 전 봤던 딸의 스커트는 너무 낡아서 새로 사라고 했다.

저녁에 같이 쇼핑을 하러 갔다. 어렸을 때는 부끄러움 때문에 옷가게에서 옷을 절대로 못 입던 딸이 어느새 제 취향대로 옷을 고르고 입어본다. 다 컸다, 딸!

3

내 생일 하루 전날이어서 맘에 드는 거 선물로 사주겠다고 딸이 말했다. 구두매장에서 착한 가격의 맘에 드는 슬리퍼를 생일선물로 받았다.

1

천안 사는 친구가 시간 되면 점심 같이 먹자고 했다. 좋은 일 있느 냐니까 "단 한순간도 눈부시지 않은 날이 없었다."라는 답을 농담처럼 보냈다. 모든 일을 늘 긍정적으로 해석하는 친구다운 말이다. 기분 좋 은 카톡이었다.

2

어제, 오늘 점심에 김밥을 먹었다. 연 이틀 김밥을 먹어도 동글동글 맛있다. 소풍 가는 날 아침에는 엄마가 김밥을 말고 내가 썰었다. 그 때 집어 먹던 꽁지의 맛과 소풍의 설레는 추억이 묻어 있어서 그런가 보다.

3

내 생일 파티는 생일 축하 노래와 함께 케이크 위 촛불을 끄는 것으 로 간단하게 했다. 남편이 일요일인 오늘도 현장에 갔기 때문에 외식은 할 수 없었다. 사랑하는 가족의 축하를 받았으니 그것으로 만족한다.

좋은 일

Day 63

1

비 내리는 월요일 아침. 도로의 차들이 물결이 되어 흘러갔다. 오랜만에 차 속에서 듣는 빗소리는 언제나 낭만적이다. 때 이른 5월의 폭염 후에 내려서 신록의 나무들이 두 팔 벌려 맞이하는 반가운 비다.

2

어제 올린 블로그의 포스트에 내 생일을 축하해 준 댓글의 아이디를 클릭했다. 외국에 살면서 ≪세계일보≫ 신춘문예 소설 부문에 당선된 다이앤 리의 블로그였다. 매년 돌아오는 내 생일보다 훨씬 더 큰 경사의 주인공인 그녀에게 축하의 글을 남겼다.

3

엄마에게 고가의 선물을 드리거나, 비싼 음식점에 모시고 가면 엄마는 좋아하시기는커녕 돈 쓴다고 질색을 하셨다. 돈이란 게 쓸 땐 쓰려고 버는 건데 시종일관 절약만 강조하시는 엄마가 원망스러울 때가 많았다. 아들에게 선크림을 생일선물로 사달라고 했다. 아이들에게 소박한 선물을 받으면서 우리 엄마가 자식의 돈을 아껴주고 싶은 이런 마음이셨구나 싶었다. 깨달음은 세월이라는 선 위에서 엄마가 걸어가신 뒤를 따라가며 하나씩 줍는 건가 보다.

좋은 일

MEMO

Yes!

Day **64**

1

숨을 깊게 마시면서 비 개인 아침 풍경을 내 안에 담았다. 랄랄라 노래 부르듯 리듬을 타며 팔랑이는 나뭇잎들. 수줍은 미소로 얼굴 내민 구름 걷힌 하늘. 저 멀리 보이는 산등성의 부드러움이 오늘 하루에 행복의 선을 긋고 있었다.

2

본인의 수업 외에 보강을 들어가는 게 수월한 일은 아니다. 안○○ 선생님이 결근을 했다. 그 부서의 샘 둘이 자진해서 보강을 하겠다고 나섰다. 훈훈하다. 그 교무실에 가끔 들르면 반갑게 맞아주시는 분들이다.

3

퇴근길에 반찬가게에 들러서 깻잎 순 나물과 가지무침을 샀다. 집에 와서 잔멸치를 볶았고, 오징어채 무침을 했다. 밑반찬 두 개가 더해져서 저녁밥상이 푸짐했다. 반찬가게에서 밑반찬을 사지 않는 건 햇반을 사지 않는 이유와 같다. 주부로서의 마지막 자존심이라고나 할까!

좋은 일

MEMO

1

학창시절마다 귀한 우정을 나눈 친구들이 있었다는 블로그 이웃의 글을 읽으며 내 친구들을 생각했다. 그러고 보니 대학교 친구들만 자주 연락하고 만나고 있다. 중3 때 짝이었던 친구에게 오랜만에 인사하려고 카톡을 열어보니 맙소사! 2018년 8월에 나눈 얘기가 마지막이다. 언제나 그 자리에 있는 친구라지만 너무 소원했다. 그 시간이 길었던 만큼 반가움이 컸다.

2

도서실 게시판에서 동작도서관의 독후감 공모전 포스터를 봤다. 지정도서 세 권 중 『이상한 정상가족』을 선택했다. 세태에 뒤처지지 않고 사고의 문을 조금씩 열어가기 위해서 달라진 세태와 새로운 이야기를 만나기 위해서다. 다양한 관점을 경험하고 판단하고 싶다. 적어도 글을 쓰려면 사고의 틀이 단단하고 좁아서는 안 되니까.

3

퍼즐 맞추기 동아리 활동 두 번째 날이었다. 3학년 문○○은 지난 시간에 500피스 퍼즐을 135분 만에 완성한 고수다. 새 퍼즐을 들고 와서 오늘도 완성을 하겠다더니 아무래도 시간이 부족할 것 같은지 들어갈 자리를 찾지 못한 조각들을 내게 건네주며 도움을 요청했다. 내가 제자리에 끼울 때마다 녀석은 감탄과 찬사를 아끼지 않았다. 나도 퍼즐 고수다.

MEMO

Good
things

1

'다문화교육의 필요성' 연수 중 일부다.

"같은 도법의 지도일지라도 미국에서 제작하는 세계지도와 우리나라의 세계지도 모양이 다르다."는 예를 들면서,

"현실에서 접하는 내용은 사실이 아닌 누군가의 생각이 포함된 관념의 산물이다"라고 했다.

자신이 알고 있는 사실을 근거로 생각하고 판단하는 것이 편견이 되기도 한다는 뜻이다. 내가 알고 있는 것이 전부가 아니다. 내 안에서 기우는 생각이 있다면 바로 세우려고 힘쓰며 살아야겠다.

2

공정한 경쟁을 체험하기 위해 수업 시간에 '쁘띠 바크' 게임을 했다.

교과서 수업을 하면 엎드리거나 먼 산을 보는 학생들까지 열심히 아니, 더 적극적으로 참여했다. 게임 점수가 높은 학생에게 사탕을 줬더니 열기가 점점 더해갔다. 학원에 찌든 아이들의 숨통이 트이는 시간이어서 나도 속이 시원했다.

3

5월 18일의 변산 여행을 뒤늦게 블로그에 올리면서 그때의 시간으로 돌아갔다. 여행은 떠나기 전, 여행, 여행 후기까지 세 번을 한다. 5월의 뒤꿈치를 잡고서 여행 이야기를 마무리했다.

좋은 일

MEMO

Day 67

1

5월의 마지막 날이다. 내가 태어났고, 좋아하는 5월의 떠남이 아쉽지만, 5월이라는 계절이 있어 행복했고, 행복하다.

2

'다문화교육의 필요성' 연수를 마쳤다. 뭔가 한 꼭지를 끝낸다는 건 숙제를 마친 것처럼 언제나 후련하다.

3

쌀 씻은 물을 버릴 때, 쌀 몇 톨이 물을 따라서 싱크대로 떨어지기도 한다. 쌀 한 톨도 농부 아저씨의 피와 땀이라던 가르침 탓인지 습관처럼 그 쌀알을 줍는다. 언젠가 그런 내 모습을 보신 엄마가

"쌀 한 알도 줍는데 식당에서 공깃밥 그냥 남기는 거 보면 너무 아까워."라고 하셨다.

식판에 담아서 먹는 점심을 되도록 남기지 않고 깨끗이 먹는다. 오늘 밥을 남기면서 엄마의 말씀이 떠올랐다. 쌀 한 톨은 주우면서 밥은 몇 숟가락씩 남기는 일상에 깃든 소소한 모순 중 하나다. 그런 모순을 담은 삶이야말로 인간적이다.

좋은 일

MEMO

Day 68

1

KEB 하나은행 교육문화 사이트에 오랜만에 접속했다. 몇 년 전 스도쿠에 빠져 있을 땐 자주 들어갔다. 매월 진행하는 이벤트에 응모해서 커피도 한 잔 얻어 마시고, 대학로 소극장 연극 관람권을 받기도 했다. 이제는 강좌를 수강한 사람만 응모할 자격을 주는 시스템으로 바뀌었다. 연수보다 가벼운 마음으로 수강하려고 목록을 기웃거렸다. 취미생활 코너에 흔하지 않은 문예창작 강좌가 있었다. '황송문의 수필작법'을 학습하기로 했다. In Put의 즐거움을 기대한다.

2

사은품으로 받은 가방을 비롯한 구두 등의 생활 잡화와 책, 옷을 기증하러 굿윌 스토어에 갔다. 빨래 바구니를 사고 싶었는데 없었다. 다이소에서 사라는 딸의 말에 미련 없이 돌아섰지만 다이소는 일본 기업이라 내키지 않는다. 오랜만에 간 굿윌에는 기업에서 기증한 새 물건이 많았다. 딸은 티셔츠를, 나는 면 원피스 잠옷을 각각 3,000원에 구입했고, 키친아트 스테인리스 냄비를 12,000원에 샀다. 알뜰한 주말 나들이였다.

3

저녁을 먹고 주말드라마를 시청한 후, 딸과 산책 겸 걷기 운동을 했다. 걷는 내내 딸의 직장 이야기를 들었다. 딸이 세상과 부딪히는 이야기를 들으면서 잘 해내고 있는 것 같아서 대견했다.

좋은 일

MEMO

Day 69

1

엑셀 작업이 막혀서 딸의 도움을 받았다. 탭의 기능을 하나 더 익혔다.

2

남편 바지를 사는 일이 쉽지 않다. 밑이 길고 통이 넓은 편한 바지를 원하는데 요즘 디자인은 밑은 짧고 통은 좁아지는 반대 방향으로 가고 있기 때문이다.

인터넷 스포츠 의류 상점에 평상복 바지가 있었다. 상품 평을 읽어 보니 '나이 많은 아저씨 타입의 통 넓은 바지'라는 불만이었다. 내가 찾는 옷이 누군가에겐 맘에 들지 않는 스타일이고 그 불평이 내겐 도움이 되었다. 재미있는 상황에 웃음을 머금으며 구매를 결정했다.

3

다른 친구들은 1년에 몇 번 만나는데, 오늘 만난 친구들은 매달 만난다. 대학교 4학년 때부터 매달 만나고 있다. 힘든 일이 있을 땐 위로해주고, 기쁨은 나눈다는 말은 식상하지만 인간관계에서 가장 기본적인 것이고, 오랜 세월 함께 한 친구들이 지니는 우정이기도 하다. 오늘은 여유롭게 동작대교 위에 있는 구름카페까지 들렀다. 꽃들 사이의 예쁜 흙길에 감탄했고, 한강의 시원한 바람에 마음이 한결 가벼웠다. 반포대교의 분수 쇼를 기다렸지만 허탕을 쳤어도 괜찮은 우리였다.

좋은 일

MEMO

1

주말에 지난 금요일 기안한 문서에 오류가 있음이 생각났다. 오늘 아침 출근하는 발걸음이 무거웠지만, 오전 중으로 해결했다. 문제는 언제 어디서든 누구에게나 일어난다. 산다는 건 그 문제들을 풀어가는 과정이다.

2

작년에 담임하면서 애면글면하게 했던 녀석의 전화를 받았다. 머리를 노랗게 물들이고 나타난 적도 있고, 수업시간에 사라지기 일쑤여서 학교를 이 잡듯 뒤지며 찾아다녔던 녀석이었다. 아는 형들과 여행을 떠나는 등 결석을 밥 먹듯이 해서 녀석의 엄마와 매일 연락을 주고받았다.

올 들어 달라진 모습을 보여주고 싶단다. 오늘 하루 종일 수업시간에 한잠도 자지 않았다고 역사적인 날이라고 했다. 내가 "넌 잘 할 수 있어."라는 말을 많이 해줬다며 그 말들을 잊지 않아서 달라질 수 있었다고 보고 싶다고 했다. 지금 또 말 안 듣는 학생 있으면 자기한테 했듯이 하면 된다며 한 수 가르치려 들었다. 전화하는 내내 내 입가에 웃음이 끊이지 않았다. 달라지는 아이들을 보는 건 선생하면서 느끼는 가장 큰 보람이다.

3

　나는 길을 다닐 때, 사람 얼굴을 쳐다보지 않는다. 두어 달씩 헬스장이나 스피닝 등 운동을 하러 다녔을 때 같이 운동하는 사람들과 눈을 마주치지 않고 내가 할 운동만 하고 오는 스타일이다. 우리 애들은 그런 나를 보고 쌀쌀맞다고 하거나 서울깍쟁이라고 한다. 요즘 다니는 요가는 1년이 넘어서 낯익은 얼굴이 종종 있다. 오늘따라 눈 마주치는 사람이 많아서 그럴 때마다 가볍게 눈인사를 나눴다. 그래서인지 요가 시작 전에 명상할 때 마음이 가볍고 상쾌했다.

MEMO

Day 71

1

1교시 수업을 마치고 왔더니 갑작스레 보강이 4시간이나 발생했다. 시간도 촉박했고, 한 시간 수업이 끝난 후여서 인적 여건도 빡빡했다. 인터폰 4번으로 해결됐다. 더구나 자원하는 선생님까지 있어서 수월했다. 사람들이 갈수록 이기적이라는 탄식도 있지만, 그래도 서로 돕고 정을 나누는 아름다운 모습은 여전히 남아 있다.

2

집에 도착해서 주차를 마치고 선글라스를 벗는데 렌즈 하나가 뚝 떨어졌다. 테를 조이는 나사가 풀어졌다. 아주 오래 전 20년도 더 전에 개업하는 안경점에서 안경 나사용 드라이버를 사은품으로 받은 게 있다. 그 도구를 이용해서 고쳤다.

사람이 사는데 자잘하게 필요한 물건이 정말 많다. 그리고 그 물건들은 집안 구석구석에 자리 잡고 있다. 살림이란 그런 물건들의 목록을 저장한 하드웨어다.

3

우리 아들은 경주에 살 때 태어났다. 겨우 3년쯤 젊음의 한때를 보낸 그곳이 다른 어떤 도시보다 정겹다. 아들이 경주 여행을 다녀왔다. 옛날부터 유명한 황남빵을 사왔다. 아들의 어릴 적 모습이 빵에 담겨 있었다.

1

7교시 수업이 있는 날의 6교시는 학생들의 집중력이 많이 떨어지는 시간이다. 더구나 오늘은 날씨도 덥다. 제주 4·3사건의 설민석 강의를 보여주었다. 생각 외로 모든 아이들이 초롱한 눈빛으로 시청했다. 설민석이 눈물을 글썽일 때는 나도 눈물이 나서 훌쩍거렸다. 진상을 밝히고 잘못한 사람은 처벌을 받는 것이 정의라는 결론을 모두가 인정하는 시간이었다.

2

오늘은 보강 한 시간에 지원 한 시간, 총 6시간을 교실에 들어갔다. 힘들고 지치는 피로한 일과였다. 퇴근 후에 좋은 일을 만들어야겠다고 생각했다. 억지스럽기도 하고, 유치하기도 하다. 하지만 기록을 위해서든, 오늘을 위로하기 위해서든 좋은 일을 만드는 게 중요하다.

3

나는 선천적으로 유연한 편이다. 처음 요가를 할 때 약간의 연습으로 바로 다리를 일자로 벌리는 동작이 되었다. 오늘은 앞뒤로 일자(동작 이름을 잊었다). 강사의 설명대로 준비운동부터 천천히 따라했더니 동작이 완성되었다. 아직 완전히 녹슬지는 않았다.

Day 73

1

우리 외할아버지는 대전 현충원에 계신다. 난 한 번도 성묘를 간 적이 없다. 엄마에게 안부전화 드렸더니 대전 현충원이라고 하셨다. 남동생이 모시고 갔단다. 외삼촌 두 분도 같이 가셨다고 한다. 나도 갈걸 그랬다는 아쉬움도 있었고, 엄마와 삼촌들을 모시고 간 동생이 대견했다.

2

길상사로 가려면 성북초등학교 옆으로 올라가면 되는데, 네이버에서 대중교통을 검색했더니 동방문화대학원 정류장에서 하차하라고 했다. 처음 가보는 길이라 길을 잘못 들어선 것 같았다. 덕분에 꼬불꼬불 골목길을 돌고 돌아 걸었던 초등학교 등·하굣길의 오래된 경험을 했다.

3

길상사에 들어가 먼저 극락전에서 합장했다. 스님의 독경이 우리말이어서 불교의 대중화를 체험했다. 나중엔 반야경의 알 수 없는 내용의 불경이 들리긴 했지만…. 조용한 사찰의 침묵의 방에서 듣는 빗소리가 왈츠처럼 우아하고 동요처럼 청아했다.

좋은 일

MEMO

1

동굴에서 물방울 떨어지는 소리가 마치 종소리처럼 울려나왔다는 수종사를 향해 출발했다. 수줍게 내리는 비가 차의 앞 유리를 적셨다. 수종사에서는 한강이 내려다보인다는 동료의 말에 벌써부터 가보고 싶었던 길을 나서니까 하늘의 비구름만큼 마음이 부풀었다.

2

대웅전 앞까지 가기도 전에 두물머리가 내려다보이는 오른쪽의 풍광은 황홀경이다. 힘겹게 올라온 발걸음을 충분히 보상해준다.

3

절 마당의 무료찻집에 들러 시간을 좀 더 보냈다. 한숨 돌리면서 창밖으로 풍경을 더 감상할 수 있었다. 동행이 있다면 차를 내려 마시며 담소를 나누기에 딱 좋은 방에서 앞에 펼쳐진 드넓은 강과 산을 보며 시끄러운 마음을 내려놓을 수 있다.

MEMO

1

오랜만에 토요일 요가 수업에 갔다. 늘 마무리는 사바사나 동작을 한다. 오늘 배경에 깔아준 음악의 가사가 "I am ~~, I am~~" 그 뒤는 무슨 단어인지 들리지 않았다. 그다음은 "I am beautiful"이었다. beautiful, 참 쉬운 단어다. 그런데 멋진 풍경이나 화려한 물건, 예쁜 여자에게 보내는 감탄사로만 알고 있었지 나에게 썼던 적은 없는 단어다. 그 가사 말대로 우리는 스스로에게 그런 말을 해줄 필요가 있다.

2

시간 있느냐는 친구의 예기치 않은 연락을 받았다. 언제 만나도 서로에게 힘이 되는 오랜 친구다. 얼마 전 블로그 이웃의 운현궁 방문기를 보고 서울에 살면서 한 번도 가보지 않은 그곳을 가봐야지 했었는데 오늘 친구와 갔다. 소박함이 단아함으로 느껴지는 궁이었다.

3

이틀간의 휴일을 혼자 보낸 내가 안쓰러웠는지 아들이 영화를 같이 보자고 했다. 예정에 없던 친구와의 만남 때문에 시간을 저녁으로 정했다. 〈알라딘〉을 봤다. 아들은 만화로 봤을 때 들었던 노래가 나와서 반가웠다며 재미있다고 했다. 말 그대로 만화를 영화화한 영화. 나도 변하지 않는 따뜻한 마음을 꿈꾸며 두 시간 동안 맑은 눈동자로 관람했다.

MEMO

Good
things~

1

아침에 일어나자마자 U-20 월드컵 경기 얘기를 들었다. 재방송을 봤다. '한 편의 드라마'라는 식상한 표현이 딱 들어맞는 엎치락뒤치락하는 경기였다. 승리로 끝나서 응원한 보람이 있었다.

2

수박을 고르는 일이 쉽지 않다. 맛이 없으면 그 큰 덩어리가 애물단지가 되어버리기 때문이다. 슈퍼에 두 종류의 수박이 있었다. 혼자 갔더라면 더 크고 비싼 수박을 골랐을 텐데, 초빙해서 동행한 남편이 꼭지가 너무 말랐다고 작은 수박을 골랐다. 고르기의 원칙은 꼭지에 있는 건지 맛있었다.

3

각자 생일 때마다 따로따로 모임을 가져서 자주 만나는 걸 엄마가 더 좋아하실 줄 알았다. 둘이 식당비용을 나눠 내는 알뜰한 모임을 하라고 하셔서 요즘은 생일을 묶어서 한다. 내 생일은 지났지만 큰 올케와 공동으로 생일 모임을 가졌다. 장소는 남양주의 야외 바비큐장 '어화천'으로 정했다. 도심의 바람은 후텁지근했는데 식당의 나무 밑에서 맞는 바람은 시원했다. 만족도가 높았다. 식사를 마치고 동생네 집에 가서는 준비해 간 '쁘띠바크' 게임을 했다. 웃음이 번지는 시간이었다.

좋은 일

MEMO

1

'수종사에 갔다.'라는 지나치게 직접적인 제목의 글을 포스팅했다. 가파른 오르막길을 떠올리며 글을 쓰다가 문득 스치는 것이 있었다. 앞에 가던 SUV 차가 없었다면 혼자 그 험한 길 운전이 더 겁나고 당황스러웠을 것 같다. 힘 좋은 그 차를 열심히 따라가느라 그나마 머뭇대지 않고 갈 수 있었다. 나를 이끌어준 그 차와의 인연이 고맙다.

2

얘기를 나누던 동료가 오늘 내가 예쁘다고 했다. 기분 좋은 말이지만 언제나 외모에는 자신이 없어서 그럴 땐 표정관리가 안 된다. 어제도 동생이 예뻐졌다고 하니까 엄마가 "한참 예쁠 때지~~"라고 해서서 모두 웃었다. 80 노인의 눈에는 자신보다 젊으면 다 예쁜 때인가 보다. 예쁨의 기준은 얼굴 생김새에만 있는 건 아니니까 예쁘다는 칭찬을 기쁘게 받아들여야겠다.

3

걱정거리를 소재로 진행하는 TV 프로그램에 구시대적 사고방식을 지닌 사람이 나왔다. "여자가"라는 말을 입에 달고 사는 사람이었다. 습관이나 생각을 한 번에 바꾸는 건 쉽지 않다. 그 사람을 보노라니 자신의 문제점을 알고 생각을 비울 줄 알아야겠다.

좋은 일

1

출퇴근 때 차에서 늘 CBS 라디오를 듣는다. 오늘 아침 나오는 노래가 어딘가 귀에 익었다. 〈알라딘〉 영화에서 나왔던 노래 같았다. 나는 눈썰미도 없는 편이고 귀도 그닥 솜씨가 없다. 전주 듣고 노래 제목 맞추기 같은 게 젬병인데 한 번 들은 노래를 알아차리다니 신기한일이다. 찾아보니까 제목이 'Speechless'였다.

2

그 라디오 방송의 아침 공감 코너에서 정끝별 시인의 책을 읽어줬다. 그 내용을 통해 耆老(기로: 연로하고 덕이 높은 사람. 기(耆)는 예순 살을, 노(老)는 일흔 살을 이른다.)라는 말을 처음 들었다.

岐路(기로: 갈림길. 어느 한 쪽을 선택해야 할 상황을 비유적으로 이르는 말.)만 알고 있었다.

사랑이든 욕망이든 일상이든, 낮고 작고 가벼워져야 크고 넓은 곳으로 나아갈 수 있다는 끝말이 여운으로 남은 아침이었다.

3

초등학교 동창의 모친상 조문을 갔다. 어릴 때 뵈었던 분인데 영정사진 속 어머니의 모습은 내가 자라고 나이 먹은 세월의 흔적을 고스란히 머금고 계셨다. 즐거운 자리는 아니지만, 오랜만에 동창들을 만나서 반가웠다.

MEMO

1

1학년 진로체험 활동 장소를 선택했다. 자그마치 8월 30일의 일정인데 오늘 결정했다. 흑석동에 있는 '조선일보 뉴지엄'은 거리가 좀 멀고 동료들이 선호하지 않는 곳이었다. 좋은 정보와 상식이 있을 것 같은 좋은 예감이 든다.

2

요가 음악에서 못 알아듣던 가사를 요가 강사에게 물어보려고 했다. 노래 제목을 알면 검색이라도 해볼 요량이었는데 마지막 타임의 수업이라 강사가 마무리 정리를 하느라고 바빴다. 말을 걸기가 미안해서 시도하지 못했다. 실행력이 떨어지는 순간이었는데 배려의 미덕을 발휘했다고 하자.

3

학기말을 앞두고 기말고사 출제에 쌓이는 수행평가 채점으로 심신이 바쁘다 보니 세 번째 좋은 일을 입력할 여유가 없다. 그래서 생각을 살짝 바꿨다. 정신없이 바쁜 일과가 좋은 거라고. 일할 수 있어서 다행이라고.

좋은 일

MEMO

Day 80

1

일주일에 한 번씩 글귀가 적힌 예쁜 사진을 카톡 방에 올리는 친구가 있다. 오늘 받은 사진은 장미 꽃다발이다.

"어제보다 오늘 더 많이 행복하시고 건강하세요!"라고 써 있다.

모두가 그러하길 바라는 마음으로 핑크빛 장미 한 번 더 봤다.

2

시험문제를 공동출제하고 나면 한 사람이 편집을 한다. 문제를 내가 더 많이 냈고, 나는 두 학년을 수업하기 때문에 한 학년 수업을 하는 선생님이 편집하는 게 일반적이다. 그런데 이런저런 이유로 그 선생님이 편집하기 곤란한 상황이라고 한다. 내가 하기로 했다. 누군가에게 도움을 줄 수 있을 때 도와주는 것도 기쁜 일이다.

3

수행평가를 점수화해야 하는 시기가 되어 아이들의 'Good Things'는 90일을 채우지 못하고 오늘로 끝을 맺었다. 이제 더 쓰지 않아도 된다는 사실이 아이들에게 가장 좋은 일이 되었을까? 시행 의도에 맞게 열심히 동참해준 학생들에게 긍정적인 효과를 기대한다. 나도 쓰고 있지만 쉬운 일은 아니었다. 하지만 해볼 만한 일이다. 메일매일 좋은 일을 기록하는 것으로 내 일상이 좋은 일들로 엮어지니까!

좋은 일

1

출근길에 듣는 라디오는 팝송이 나온다. 귀에 익은 올드 팝송이다. 따라 부르고 싶지만 겨우 한 소절 가사만 따라하면 끝이다. 옛날부터 팝송 가사를 외우지 못했다. 음절에 맞춰 이어 부르거나 박자에 맞춰 짧게 끊는 가사를 쫓아가지 못했기 때문이다. 게다가 해석도 잘 안 되는 가사여서 외우기가 더 어려웠다. 모르는 노래 따라 부르려고 애쓰지 말고, 퇴근길에 나오는 가요를 열심히 같이 불러야겠다.

2

동료장학 수업을 무사히 마쳤다. 수업역량을 키우고 서로 수업을 나누라는 의미로 있는 제도다. 오늘따라 아이들이 발표도 잘했고, 질문이 토론처럼 이어졌다. 아이들은 내가 수업하는 것보다 저희들끼리 설왕설래하는 걸 더 좋아하기 때문에 서로 질문을 만들어냈고, 답변도 잘했다. 만족스러운 수업이었다.

3

일주일간 쌓인 빨래가 바구니에 넘쳐났다. 빨래를 널고 개키는 일이나 설거지를 하는 가사는 마치 시지프스가 바위를 올리는 일 같아서 무겁다. 세탁기를 돌리고 널어서 겉옷 빨래 바구니를 비우고 나면 바위를 잠시 내려놓는 순간이어서 어깨가 가볍고, 속이 후련하다.

MEMO

Day 82

1

점심은 물회를 시켜 먹자는 의견이 나왔다. 내 일손을 덜어주는 제안이 고마웠다. 맛있게 먹었다. 특히 해삼의 꼬들꼬들함이 오늘따라 바다 향을 가득 전해주었다.

2

점심을 먹고 나서 모두 외출한 한가한 시간. IP TV는 거의 시청하지 않는데 오늘따라 TV로 심심함을 풀어보고 싶은 생각에 리모컨을 들었다. 〈걸어서 세계 속으로〉를 선택했다. 곳곳이 문화유산인 이탈리아를 보고 나서 러시아편을 이어서 봤다. 시베리아 횡단열차가 나왔다. 8월 러시아 여행에 열차 탑승이 있는 일정을 선택해서 더 관심이 기울었다. 그 열차 탑승이 버킷리스트라는 PD의 멘트를 듣고 우리 일정이 나름 괜찮구나 싶었다.

3

대한체육회에서 내걸고 있는 캠페인 문구 중 '7330'이 있다. 일주일에 3일 30분 이상 운동하자는 의미다. 생활체육 수기를 공모한다는 홍보를 봤다. 3일 이상 30분 넘게 운동하는 우리 가족의 이야기를 써볼까? 뭔가 도전할 일이 있다는 건 생기를 준다.

좋은 일

Day 83

1

밤중에 먹는 일을 자제하는데, U-20 월드컵 결승전 응원을 위해 치맥을 준비했다. 경기 시작 4분 만의 득점이 독이 된 게 아닌가 하는 아쉬움이 남지만, 준우승도 훌륭하다. 게다가 역사적으로 처음이라니까 관람한 보람이 있다.

2

한가로운 일요일 오후, 같이 근무했던 옛 동료들과 친구들에게 안부를 물었다. 소식을 나누지 않으면 아무 사이도 아니니까. 반가운 답인사가 나도 반가웠다.

3

TV에 인공지능 상품 광고가 나왔다. 혼자 사는 노인의 말벗이 되어주는 콘셉트였다. 혼자 산다는 거, 외로움을 견뎌야 하는 고행이다. 쓸쓸한 노년이 미래의 내 모습일까 봐 미리 짠했다. 엄마가 동생네와 같이 사셔서 마음이 놓인다. 동생네가 늘 고맙다.

좋은 일

MEMO

1

아침에 동료와 업무 처리를 마치고 각자 자리로 돌아가면서
"좋은 하루 되세요!"라고 인사를 건넸다.
말하는 내 기분이 더 좋아지는 인사말이었다.

2

2주 전에도 그랬는데 지난 토요일 저녁부터 오른쪽 복숭아뼈에 멍
이 들었다. 발목이 많이 부었다. 통증이 없는 게 더 불안했다. 의사는
인대 손상이 더 큰 원인이라고 했다. 보호대 하고 약 먹으면 나을 거
라니 다행이다.

3

답답한 마음에 정형외과 의사인 친구에게 내 발목 사진을 보냈다.
얼음찜질하고 최대한 안 움직이고, 이런 일 자주 있으면 검사 받아보
라는 답이 왔다. 아들이 필요해서 구입한 얼음찜질팩을 이용했다. 이
런저런 해결책으로 마음의 짐이 덜어졌다.

좋은 일

MEMO

1

새벽에 천둥 번개가 요란했다고 한다. 그 소리를 듣지 못하고 숙면했다. 불면증에 시달리기 쉬운 때라는데 잘 자는 것도 내 복이다. 잠을 푹, 잘 잤다는 생각만으로도 머리가 맑고 몸이 가벼웠다.

2

행복 관련 실험 동영상을 우연히 봤다. 타인의 행복을 빌어주는 마음이 자신을 행복하게 만든다는 결론이었다. 나를 아는 모든 이들이 행복하길 기원한다.

3

인터넷으로 주문한 블라우스가 배달되었다. 실제 색이나 질감의 호불호에 앞서 입어보지 않고 산 옷이 딱 맞으면 구매의 만족도가 올라간다.

MEMO

Good
things

1

출제, 검토, 확인 과정을 한 번 밟으면 시험문제를 더 보기가 싫어서 덮어둔다.

인쇄실 앞을 지나는데 철커덕철커덕 시험지 복사하는 소리가 위기 감을 주었다. 시험지로 나오기 전에 다시 한 번 원안을 검토했다. 조건 이 애매한 문제 하나와, 지시문이 흐트러진 걸 발견하고 수정했다. 역 시 꼼꼼하게 재확인하는 자세가 필요하다.

2

시험이 얼마 남지 않았는데 동아리 활동을 하는 날이다. 말없이 퍼 즐을 맞추는 아이들이 대견했다. 여전히 나에게 도움을 요청했고, 덕 분에 나는 조각의 자리를 찾아 맞추는 순간의 쾌락이 입가의 미소로 번지는 시간이었다.

3

페디큐어를 했다. 발톱에 젤을 발랐다. 맨발의 계절이기도 하고, 어 제저녁에 퉁퉁 부은 발목을 보면서 소중한 내 발에 보상을 해줘야겠 다고 생각했기 때문이다. 손도 발도 가꾸면 예뻐진다.

MEMO

1

파도 소리가 은은한 전주에 이어 마음을 파고 들어오는 낭만적이고 굵은 목소리가 "모나코"로 시작하는 오래된 팝송. 옛날부터 좋아하는 노래다. 이 노래의 부제가 '섭씨 28도의 나무 그늘 아래'라고 한다.

요즘 낮 기온이 28도인데 나무 그늘은 시원하다. 목가적이고 편안한 풍경의 계절이다.

2

남편이 여름에 내 차에 사용하라고 대나무 재질의 차 시트커버를 사줬었다. 그해 여름에 한 번 장착하고 차 트렁크에 몇 년을 묵혔다. '사용하지 않을 거면 버려야지.' 궁리만 하고 있었다.

교무실 의자가 인조가죽이라 땀이 밴다. 방석을 사야겠다고 벼르던 참에 트렁크에 있는 시트커버 생각이 났다. 오늘 의자에 커버를 씌웠다. 방석을 사지 않아도 되고, 재활용으로 쓰레기도 줄였으니 일석이조다.

3

저녁 숟가락을 놓고 소파에서 푹 쉴 수 있는 시간에 드라마를 본다. 오늘은 매일 꼬이고 당하기만 하던 주인공이 감격적인 순간을 맞는 내용이어서 속이 후련했다. 그렇게 드라마가 결말을 향해 가듯. 우린 늘 해피엔딩을 꿈꾸며 산다.

Day 88

1

블로그 오랜 이웃인 '하바앤진'님의 블로그를 자주 방문한다. 짧은 내용에 위트가 넘치는 포스트여서 늘 웃음을 짓게 된다. 오늘은 창고에 있던 오래된 물건들을 상자에 넣어 보관하시는 얘기다. 하나뿐인 손녀가 3, 40년 후쯤 열어보기를 기대하신다고 했다. 믹서기, 칠성사이다 컵, 커다란 나무 주걱 등 옛날 물건들을 구경하는 재미가 쏠쏠했다. 마음 따뜻한 손녀가 훗날 그 물건들을 보고 할아버지를 떠올리는 파스텔 빛 장면을 그리며 나도 흐뭇했다.

2

"담배를 끊은 사람은 독한 사람이고, 담배를 피우는 사람은 지독한 사람"이라고 누군가 말했다며 친구가 단체 카톡 방에 올렸다. 같은 말인데도 확연히 다른 느낌의 정확한 표현이다. 참, 말들도 잘 만들어낸다. 지독한 사람과 사는 나는 어떤 사람일까.

3

   서영은의 단편 「사막을 건너는 법」을 읽었다. 주인공은 월남전에서 돌아온 지 얼마 되지 않았다. 적의 공격을 받아 옆자리의 동료가 죽고, 임무를 마치는 순간에 본인은 기절했던 이야기를 들은 애인이 "그래서 무공훈장 받았구나!", "그래서 자기는 베트콩을 한 사람도 못 죽여 봤어?"라고 한다. 주인공은 자신의 이야기를 마치 활자화된 이야기로만 받아들인 애인에게 불쾌감을 느낀다.

   이야기를 나눈다는 건 집중하고 공감하는 마음과 에너지가 필요하다. 그만큼의 에너지를 쏟으며 대화를 나누어야 소중한 관계가 이어진다.

MEMO

MEMO

Day **89**

1

자외선 지수가 높다는데 그만큼 햇살은 맑다. 30도의 더위를 예보하고 있지만 오전의 집안 기온은 쾌적하다. 파란 하늘과 눈부신 햇살의 찬란한 날씨에 기분도 쾌청하다.

2

여고 동창 넷이 만났다. 혜○의 자동차 접촉사고의 처리 과정도 그렇고 이런저런 얘기를 들을 때마다 좋은 품성을 지닌 친구들이라는 생각을 지울 수가 없다. 상대방의 처지를 헤아리고 배려하는 좋은 친구들이 있어 행복하다.

3

토요일 광화문 광장은 휴식을 즐기는 장소가 아니었다. 마이크를 타고 나오는 외침들과 북소리, 징 소리에 정신이 혼미할 지경이었다. 다양한 의견이 존재하는 사회이므로 태극기는 이해하겠다. 하지만 태극기와 나란한 커다란 성조기는 자주성의 부재 같아 안타까웠다.

식사 장소를 "경희궁의 아침" 아파트 상가로 정했다. 소란의 용광로 도심 바로 뒤에 낭만적인 아파트 이름에 걸맞은 고요함이 있었다. 우리들의 이야기와 웃음이 흐르는.

　　　　　　　　　　　　　　　　　　　좋은 일

MEMO

Day 90

1

류현진을 좋아하는 남편 덕에 아침부터 야구를 시청했다. 10승을 달성하지 못한 건 아쉽지만,(나는 사실 무덤덤한데 사람들이 다들 아쉽다고 한다.) 잘 던졌다. 승패를 떠나서 그 넓은 타국의 땅, 많은 사람들 속에 우뚝 서 있는 한국인이 자랑스러웠다.

2

종일 집에서 쉬었다. 산책이라도 나가야지 집에만 있는 게 답답할 때도 있고, 휴일이어서 할 수 있는 뭔가를 하는 게 더 좋을 때도 있다. 오늘은 뒹굴뒹굴하는 휴식이 좋았다. 마음껏 몸과 마음을 내려놓는 시간이었다.

3

나는 눈물이 많다고 여기며 살고 있다. 문득 눈물 흘리는 감정에 스스로를 내맡기는 게 아닌가 하는 생각이 스쳤다. 어제 만난 친구의 딸이 결혼식 내내 웃었는데 신부 여동생이 축가를 부르다가 울음을 터트렸다. 알고 보니 신부가 울컥하는 모습에 동생이 눈물을 흘린 거였다고. 신부는 울음을 참았고 그러기 위해 더 활짝 웃었다고 했다. 난 결혼식장에서 많이 울었다. 돌아가신 아빠 생각에 그랬는데 감정을 조절하지 못한 내가 어리석었다는 후회를 이제야 한다. 뒤늦은 깨달음이지만 깨달음은 인생의 지혜가 된다.

좋은 일

MEMO

MEMO

MEMO

MEMO